새하곡

청소년
현대문학선 030

이문열

새
하
곡

문이당

●●●
청소년 판을 내면서

여기 실린 두 편의 작품은 모두가 내게 특별한 뜻이 있는 것들입니다.

「새하곡」은 내가 중앙 문단에서 처음 작가로 인정받은 작품으로 보통은 등단 작품이라 불리는 것입니다. 「새하곡」은 한시 악부의 한 형태로 요즘 말로 바꾸면 「전선의 노래」쯤이 됩니다. 그 제목처럼 전방부대에서 있었던 일을 소재로 쓴 중편 소설인데, 『동아일보』 신춘문예 중편 부문에 당선됨으로써 이문열이란 소설가가 태어나게 됩니다.

나는 또래들보다 훨씬 늦게 입대하였고, 그때는 휴전선에서 긴장이 높아져 있던 때라 소설 속에 벌어지고 있는 일들은 대개가 내게는 인상적이고 감동스럽던 경험들을 소재로 삼고 있습니다. 그러나 청소년 여러분에게는 어른들의 병정놀이 같은 군대의 이야기가 얼마나 실감 날지 모르겠습니다. 다만 여럿 사이에 섞여, 더불어 살아야 할 여러분의 미래를 앞당겨 경험하고 준비해 간다는 점에서는 어느 정도 쓸모 있는 글 읽기가 될 수도 있을 것입니다.

「아우와의 만남」은 5년 뒤에 있을 일을 상상으로 기막히게 그려 낸 묘한 작품입니다. 실제로 내가 북한에서 나고 자란 낯모르는 아우를 만난 것은 1998년이었습니다만, 그때의 주변 상황은 이미 1993년에 쓴 「아우와의 만남」 속에 다 나와 있습니다. 가끔씩 실제보다 더 정확하게 맞아떨어지는 소설적 상상력이란 것에 대해 다시 한 번 생각해 보게 하는 작품입니다.

두 작품 모두 청소년 여러분을 염두에 두고 쓴 것이 아니란 점에서 마음에 걸리는 부분이 없지 않으나, 여러분이 언젠가는 맞닥뜨리게 될 사회 현실의 첨예한 문제를 정교한 문학적 상상력으로 그려 낸 작품들로 여러분이 속한 사회의 한 단면을 꾸밈없이 객관적으로 들여다볼 수 있는 값진 기회가 될 것입니다.

2006년 봄

이문열

차례   새하곡

새하곡(塞下曲)

　그날 아침 이상범(李相範) 중위는 '전쟁이란 이렇게 터지는 것이로구나' 하는 각오가 되었으면서도 얼떨떨한 비장감과 묘한 열기 속에 눈을 떴다. 내무반은 그야말로 엉망이었다.

　이미 오래전부터 사태는 충분히 예견되었고, 만일에 대비해 여러 가지 작전과 상세한 행동 계획이 수립돼 있었지만, 몇몇 고참병을 제외하고는 모두 형편없는 혼란에 빠져 갈팡질팡하고 있었다. 완전 군장을 꾸미느라 장비와 병기가 부딪는 소리, 철모가 통로의 시멘트 바닥에 요란스럽게 떨어지고, 반합*이 떨그럭거리며 침상을 굴렀다. 거기다가 쉴 새 없는 전화벨 소리, 포대장과 인사계의 고함 소리, 욕설…… 전쟁이란 아무리 정확하게 예측된 것이라도 한번 터지고 나면 병사들에게는 항상 돌발적일 뿐이었다.

　그러나 이 중위에게도 그런 것을 더 이상 한가롭게 지켜볼 틈이

*반합 : 직접 밥을 지을 수 있게 된, 알루미늄으로 된 도시락.

없었다. 그는 이 야전 포병대의 통신 장교였고, 그래서 이제부터 그 어느 때보다 능률적이고 효과적으로 운영돼야 할 백여 종의 통신 장비와 40여 명의 과원이 그의 지휘를 기다리고 있었던 것이다. 우선은 출동해야 할 통신 차량과 무선 장비의 점검이 급했다. 그는 그제서야 어슬렁거리며 일어나는 선임 하사 임 상사에게 막사의 유선병을 맡기고 통신 차량이 숨겨져 있는 대피호로 달려갔다. 산허리를 파 대공 위장망을 씌워 놓은 노천호였는데, 거기서도 혼란은 마찬가지였다. 이미 어젯밤부터 대기해 온 무전병들마저도 한꺼번에 터져 나오는 각종 전문(電文)에 어쩔 줄 모르고 있었다.

이 중위는 먼저 갓 통신 학교를 나온 신병이 배치돼 있는 17호 차량으로 들어갔다. 인접 포대망을 맡고 있는 녀석은 웅웅거리는 V-17 앞에서 무엇인가 방금 수신한 암호를 해역(解譯)하느라고 정신이 없었다.

"뭐야?"

"018대대 전개가 시작됐습니다. 우리보다 상황이 좀 빨랐던 것 같습니다."

"빨리 전해."

그때 갑자기 플래시가 번쩍이며 지원 연대망을 맡고 있는 유 상병이 이 중위를 찾았다.

"과장님, V-25 수신부 침묵입니다."

"퓨즈 점검했나?"

"네, 이미 점검해 봤지만 이상 없었습니다."

"언제부턴가?"

"약 10분 전부텁니다. 지금 보조 수신기를 사용하고 있지만 감이 아주 나쁩니다."

"배터리는?"

"어제저녁 최종 점검 때 충분히 충전된 것으로 갈았습니다."

"그럼 수신부, 빨리 예비와 바꿔. 그리고 결과 보고해."

무선반의 사고는 그 밖에도 두 건 더 있었다. 멀쩡하던 사단 AM 망이 갑자기 송신 불능에 빠진 것과 V-17 한 대가 차량 배터리의 합선으로 가동할 수 없게 된 것이다. 둘 다 예비로 대치하면서 이 중위는 새삼 예비를 확보해 둔 것이 옳았음을 깨달았다. 그는 며칠 전 인근 부대에 통신 장교로 근무하는 동기들로부터 거의 4분의 3톤 트럭 한 대분의 장비를 빌려 두었는데, 그것은 기재계(器材係) 강 병장의 제안 때문이었다. 강 병장의 주장에 따르면 야전에서 통신 장비 특히 무선 장비 성능을 100프로 믿는 것은 통신 장교의 정강이뼈를 그대로 대대장의 워커에 맡기는 것과 같다는 것이었다. 아직 진공관을 쓰는 구형 장비가 태반인 탓이었다.

대략 무선병 점검이 끝나자 이 중위는 선임 하사가 맡은 유선병 쪽으로 가 보았다. 역시 장비 적재로 부산하기는 하였지만 당장 쓰이는 것들이 아니어서 성능 때문에 오는 혼란은 없었다. 선임 하사가 그의 독특한 충남 사투리로 유선 반장 양 하사에게 무엇인가 욕설을 퍼붓고 있는 것을 뒤로하고 이 중위는 다시 교환대로 향했다. 날은 아직도 어두웠다.

교환대 못 미쳐 설상(雪上) 파카와 설상 위장포*를 들고 오는 서무계 권 일병을 만나고서야 이 중위는 비로소 눈이 오는 것을 알았다.

"제기랄, 전쟁이 터지는 날은 언제나 인상적이로구나."

그런 기분은 비가 왔더라도 안개가 끼었더라도 마찬가지였을 것이다. 설령 청명했더라도.

그런데 교환대 문을 연 이 중위는 의외의 광경에 분통이 터지고 말았다. 이런 법석 중에도 교환병 김 일병이 야전 교환기의 신호음을 꺼 놓고 리시버를 귀에 꽂은 채 엎드려 자고 있는 것이 아닌가.

"야, 이 개새끼야."

이 중위는 자신도 모르게 욕설과 함께 김 일병을 걷어찼다. 그러나 놀라 그를 올려다보는 김 일병의 얼굴을 보고 그는 '아차' 했다. 녀석의 안경알 밑으로 번질거리며 흐르고 있는 것은 분명 두 줄기의 눈물이었다. 함께 근무하던 배 상병의 변호가 아니더라도 녀석이 자고 있지 않았던 것은 분명했다. 하지만 화가 나는 실수였다.

"근무 똑똑히 해. 인마, 곧 출동이야."

마침 기재계 강 병장이 야전선 적재 문제로 이 중위를 찾아왔으

* 위장포 : 위장하는 데에 쓰는 천.

므로 그는 자칫 난처할 뻔한 자리를 여전히 화난 목소리로 때우고
교환대를 나섰다.

"뒷산 야전선을 좀 써야겠는데요."

위장망에 단독 군장 차림으로 출동 준비를 완전히 갖춘 강 병장
이 은밀한 의논 투로 말했다.

"뒷산 야전선?"

이 중위는 그게 무얼 뜻하는지 얼른 떠오르지 않아 그렇게 반복
했으나 이내 강 병장의 말뜻을 알아차렸다.

지난여름 전방의 야전선을 재래식 화기의 화력이 미치지 못하
는 지하로 매설할 때, 이 중위와 강 병장은 약 8마일의 야전선을
빼돌렸다. 사단에 보고할 선로도(線路圖)는 매설 곤란을 이유로
곡선으로 그리고 실제 매설이 일치하는 지점을 몇 군데 표시해 두
었다가 적당히 구워삶은 검열관으로 하여금 형식적으로 확인케
했던 것이다.

그러나 그들이 그렇게 힘들여 또 시가로도 몇십만 원이 되는 야
전선을 빼돌린 데에 딴 뜻이 있는 것이 아니었다. 한 번의 훈련이
끝나면 보통 상당한 감량이 생기는데 사단 보급소는 그 감량 인정
에 인색했다. 거기다가 때로 지상 가설에서 절취당하는 수도 있어
자칫하면 통신 장교가 몇 마일씩 변상해야 하는 경우도 있었다.
따라서 그런 때를 위해 부대 뒷산의 쓰지 않는 방공호에 은밀히
감추어 둔 것인데, 이제 강 병장이 그걸 쓰자는 것이었다.

"사단서 수령한 것은 폐선이 많이 섞여 재생을 해도 대개 저항 3백이 훨씬 넘습니다. 감도가 나빠 선로가 길면 어렵죠. A급을 자르기는 안됐지만, 미더운 게 필요해서요."

"그래, 그럼 강 병장이 알아서 몇 마일 싣도록."

이 중위는 언제나 하는 것처럼 모든 것을 강 병장의 판단에 맡겼다.

이상하게도 그는 강 병장만 대하면 모든 것이 미덥고 든든하면서도 원인 모를 위축감에 빠지곤 했다. 강 병장이 자기보다 두 살 위이고 또 유능한 기재병이어서 그가 맡은 정부 재산을 잘 관리해 준다는 것 이상으로 강 병장에게는 무언가 그를 압도하는 것이 있었다. 그만의 어떤 특이한 힘이었다.

실제로 지난여름 강 병장은 대대장도 손을 든다는 작전·과장 장 대위와 정면으로 충돌하여 그를 굴복시킨 적이 있었다. 강 병장에게는 갓 전입 온 신병에게까지도 깍듯이 경어를 쓰는 버릇이 있었는데, 그것이 육사 출신의 전형적인 군인인 장 대위에게는 군기(軍紀)의 문제로 비친 모양이었다. 몇 번이나 타일러도 강 병장이 듣지 않자 화가 난 그는 어느 날 정식 명령으로 그것을 금지시켰다. 그러나 강 병장은 그 명령마저도 '쌍놈은 나이가 벼슬이라더니 군번 빠른 것도 벼슬인가' 하며 일소에 붙여 버렸고, 그걸 안 장 대위는 명령 불복종으로 인사과에 입창* 의뢰를 내 버렸

*입창(入倉) : 법을 어긴 군인이 영창에 들어감.

14

다. 그런데 그 입창 의뢰가 정식으로 기안돼 대대장의 결재에 올라갈 때쯤 해서 일은 엉뚱하게 전개됐다. 평상시와 같이 근무하던 강 병장이 갑자기 의무대에 입실해 버렸다. 알고 보니 단식 일주일째였다.

장 대위가 펄펄 뛰었으나 속수무책—이미 일주일이나 굶어 늘어진 사람을 어쩔 수는 없었다.

결국 강 병장의 일은 단식 열흘 만에 대대장에게 보고되었고 놀라 달려온 대대장에게 눈만 번쩍이는 강 병장이 내놓은 것은 그 열흘 동안 수십 번을 검토한 것임에 틀림이 없는『군인 복무 규율』한 권이었다.

"죄송합니다, 대대장님. 그러나 책 어느 조문을 보아도 하급자에게 경어를 써서는 안 된다는 구절은 없었습니다…….."

그런 강 병장의 힘은 이 중위도 한 번 직접 목격한 적이 있다.

지난여름의 일이었다. 그날 무심코 기재 창고를 지나던 이 중위는 돌연한 고함 소리에 걸음을 멈추었다.

"……알았어? 너희 대장 하 대위가 와도 내게는 그리 못해. 그런데 이 새끼, 너 그 태도가 뭐야?"

이 중위로서는 처음 듣는 강 병장의 고함이고 욕설이었다. 더욱 놀라운 건 그 상대였다.

"강 병장님, 뭘 그리 화내십니까?"

기가 꺾인 목소리로 용서를 구하고 있는 것은 분명 보안대 장 병장이었다. 평소 사병은 물론 장교까지도 개똥같이 여기는 전방 보안대 사병의 표본 같은 녀석이었다.

"조심해, 인마. 병아리도 못 되는 주제에 장닭처럼 벼슬을 흔들어 대면 모가지가 부러지는 법이야."

그러자 장 병장은 들여다보고 있는 이 중위를 의식했는지, 아니면 당하다 보니 화가 났던지 갑자기 지금까지의 부동자세를 풀고 퉁명스럽게 말했다.

"야, 이거 강 병장 뭘 자꾸 그러슈? 까짓 배터리 몇 개 안 주면 그만이지……."

그러나 그의 말은 강 병장이 무섭게 따귀를 내리치는 바람에 중단되고 말았다.

"차렷! 이 새끼, 이 새까만 일병 놈의 새끼가. 아직 말 끝나지 않았어. 야전 건전지가 너 같은 놈 물고기나 잡으라고 나온 줄 알아? 야 인마! 그 한 박스면 일 개 포대가 한 달간 쓸 수 있어, 이 썩은 새끼야."

이 중위는 비로소 강 병장이 무엇 때문에 화가 났는가를 알았다. 야전 건전지는 폐품 반납 과정에서 잘 조작하면 여분을 남길 수 있었다. 강 병장도 상당한 여분을 가지고 있었는데 장 병장이 그걸 알고 얻으러 온 모양이었다. 무전기나 특수 장비용의 배터리는 직렬로 연결하면 물이 얕은 개울에서의 고기잡이에는 넉넉한 전류를 끌어낼 수 있었다.

"쓸데가 있어서…… 남는 걸로 알았습니다."

신통하게도 금세 기가 죽은 장 병장, 아니 장 일병이 궁색하게 변명했다. 녀석은 보안대의 공공연한 관례대로 지금까지 병장 계급을 사칭해 온 모양이었다.

"그렇더라도 그건 정부 재산이야. 장교가 와도 장부에 적지 않고는 내준 적이 없어. 어디서 순……."

"앞으로 조심하겠습니다."

"그럼 꺼져 버려. 아구통 돌아가기 전에."

"필, 승!"

결국 장 일병은 경례까지 깍듯이 하고 돌아갔다. 평범한 전방 야포대의 사병인 강 병장이 무엇으로 막강한 보안 대원을 그토록 무섭게 굴복시켰는지 이 중위는 몹시 궁금했다.

"군대 와서 처음으로 군번을 따졌죠. 녀석은 일병이었으니까요."

강 병장은 히죽이 웃으면서 그렇게 대답했지만, 그게 아닌 것은 분명했다. 거기다가 이 중위가 또 하나 감탄하는 것은 강 병장의 깊이 모를 능력이었다. 이 중위는 이 부대에 통신 장교로 근무한 이래 그가 모른다거나 할 수 없다고 하는 것을 한 번도 본 기억이 없다. 특히 통신 분야에서는 20년이 가까운 선임 하사도 혀를 내두를 정도였다. 장비는 물론 작전 면에까지 그의 능력이 미치지 않는 곳은 없었다. 심지어는 과원들의 통솔까지도 그는 어떻게 된 일인지 40명이 넘는 과원들의 신상을 상세하게 파악하고 있어, 청원 휴가나 포상 휴가의 재량이 이 중위에게 돌아올 때 그에게 자문을 청하면, 대개 그가 정해 주는 서열이 가장 적절한 것이었다.

따라서 통신과에는 이 중위와 임 상사 외에도 분대장인 세 명의 하사와 다섯 명의 고참이 있었지만 모든 일은 사실상 거의 그를 중심으로 이뤄지고 있었다. 가끔씩 이 중위마저도 통신과의 정신적인 과장은 그라는 생각이 들 때가 있었다.

갑자기 맞은편 산등성이에서 청색 신호탄이 오르더니 여기저기서 총성이 터졌다. 본부 포대장의 신경질적인 명령이 산 아래 연병장에서 들려왔다.

"각과 3분의 1씩 경계조를 편성, 3분 이내로 본부 연병장에 집합—."

중대한 상황이 발생한 모양이었다. 이 중위는 상황실로 달려가 보았다.

"차리(C포대) 북방 무명고지 일대 수 미상의 게릴라 출현."

C포대의 보고에 상황실의 급박한 지시가 하달됐다.

"차리, 차리, 빨리 타격대를 편성하라. 타격대를 잔류시켜 게릴라에 대항하고 빨리 포를 빼라."

뒤이어 각 포대의 상황 보고가 날아들었다.

"풍랑객 하나, 병아리를 날리도록, 끝."

선임 A포대가 전개 명령을 받은 것이었다. 뒤이어 브라보(B포대)의 호출과 전개 명령, 그리고 마지막으로 C포대의 보고였다.

"여기는 풍랑객 셋, 병아리를 날린다. 까치발 오공(캘리버 50 경기관총)과 병아리 한 배(일 개 소대)를 남긴다. 현재 까마귀(게릴라) 침묵 중."

그사이 본부 차량들도 하나 둘 빠지기 시작했다. 이 중위가 탄상황실 박스 카도 천천히 진지를 빠져나왔다. 날은 드문드문한 눈발 사이로 어느새 희뿌옇게 밝아 오고 있었다.

사단 규모의 통합 훈련 청룡 25호 작전의 디데이가 밝아 오고 있는 것이다.

진지를 떠나 눈 속을 느릿느릿 10마일쯤 이동했을 때에야 이 중위는 상황 장교를 통해 사태의 정확한 진전을 알 수 있었다. 적(가상)은 총 일 개 사단의 병력으로 그날 새벽 4시를 기해 대대적인 선제공격을 감행했다. 아군 390연대는 중앙이 돌파당해 20마일이나 후퇴해서 재정비 중이었고, 392연대는 임진강 지류 하나를 끼고 치열한 교전 중이었으나, 역시 적의 주요 공격 부대는 사단 본부를 끼고 있는 391연대 쪽이었다. 조공*이 기타 이 개 지역에서 있었고, 수 미상의 유격대가 지난밤 아군 후방으로 공중 침투

*조공(助攻): 세력을 도와 공격함. 또는 그런 공격.

된 것도 밝혀졌다. 얼마 전 차리(C포대)를 교란한 것은 그 일부로 보였다. 그리고 뒤이은 보고에 따르면, 그들에 대처하기 위해 남겨졌던 C포대의 잔류 병력과 차량은 결국 상실된 것으로 판정이 났다. 그 밖에 알파(A포대)가 차량 전복으로 장교 한 명, 사병 네 명을 상실, 일 개 포반이 낙오 판정을 받았다.

그 모든 상황은 6·25 이듬해에 태어나 한 번도 전쟁을 경험한 적이 없고 임관 후에도 줄곧 후방 근무만 해온 이 중위에게는 새롭고 흥미로운 것이었다. 그러나 나이 든 하사관들이나 경험 많은 고참 장교들에게는 심드렁한 전쟁놀음일 뿐이었다.

"글쎄, 그년을 만났더라요."

수송부 선임 하사인 문 중사였다. 새벽부터 어디서 한잔 걸쳤는지 약간 취한 목소리로 간밤의 꿈 얘기를 하고 있었다.

"우리가 첨 살림을 차린 무등산 기슭의 판잣집이드랑께. 차암 그때는 재미있었제…… 그런디…… 그 ×할 년이 갑자기 왜 나타났을까……."

그에 관해서는 이 중위도 몇 번 들은 적이 있다. 술과 계집으로 폭삭 늙어 얼굴은 40대도 중반이 넘게 보이지만 실은 서른넷의 나이였다. 시골 목사의 아들로 유복하게 자랐고 교육도 상당히 받은 편이었다. 그런데 고등학교를 가러 광주로 나왔다가 옆방에 자취하던 술집 여급과 눈이 맞아 빗나가 버렸던 것이다. 고지식한 부모에게 의절당하고 학교마저 중퇴한 그는, 방금 얘기한 그곳에서 그 여자와 동거를 시작했으나 그 나이에 그 학력으로는 생계가 막연했다. 거기다가 상대편 여자도 차츰 정이 뜨기 시작했다. 그녀는 유복한 집의 귀공자와 희롱하는 기분으로 어울렸던 것이지 자기에게 더부살이하는 건달을 원하진 않았기 때문이다. 자연 싸움이 잦아지고 어느 날 돈을 타러 갔던 그가 부모에게 칼부림을 하고 돌아왔을 때, 그녀는 자기 소지품과 함께 어디론가 사라지고 없었다. 그리고 몇 달 그녀를 찾아 헤매다 거의 자포자기의 심경에 빠진 그는 결국 길가 담벼락의 포스터가 끄는 대로 하사관 학교에 입교하고 말았다는 것이었다.

"년도 꽤나 쪼그라들었을 것이로구만 잉. 나보다 세 살이나 위였응께⋯⋯."

그런 그의 목소리에는 그날따라 야릇한 감개가 서려 있었다. 어떤 의미에서 그 여자는 그에게 있어서는 처음이자 마지막 여자였다. 그 후 그는 세 번이나 딴 여자와 살림을 차렸으나 번번이 한 달도 못 가 끝나 버렸다. 그를 만년 중사로 만들어 놓은 고약한 술버릇 때문이었다.

"××껌 씹는 소리 그만하고 그 수통에 쐬주나 있으면 한 모금 나눠 주슈."

문득 맞은편에서 묵묵히 차량에 거치된 석유스토브를 쐬고 있던 군수 과장 '별' 대위가 심드렁하게 말했다.

"혀도, 과장님은 그 소리 들은 지 오래됐을 건디."

수통을 건네면서 문 중사가 하는 소리였다. 군수 과장 역시 몇 년 전에 아내를 잃고 아직 홀애비였다.

그들은 곧 음담패설을 주고받으며 소주를 나눴다. 장교와 하사관이라는 신분상의 차이에도 불구하고 두 사람은 곧잘 어울렸다. 문 중사가 군수과 선임 하사였을 적에 함께 근무한 적이 있다는 것 외에도 무언가 그들에겐 공통된 특징이 있었다. 군수 과장의 계급 앞에 '별'이란 별명이 붙게 된 경위도 그런 것들 중의 하나였다.

10여 년 전 신임 소위로 OP*에 파견 근무를 하던 그는 항상 은박지로 큼직한 별을 두 개씩이나 철모에 오려 붙이고 다녔다. 그러나 어느 날 그는 불시에 순찰 나온 사단장과 그 철모를 쓴 채 맞닥뜨리게 됐는데, 그 사단장은 준장이었다. 그런 종류의 실수는 종종 군인으로서의 그에게 치명적인 것이 되어 10년째 그를 대위로 묶어 놓았지만 좀처럼 없어지지 않았다. 요즈음도 멋모르는 소령이 전화 같은 데서 상대가 대위라는 것만 알고 반말이라도 쓸라치면 그는 대뜸 전화기에 대고 고래고래 소리치는 것이었다.

"야, 이 새끼야, 말조심해. 중령 같은 대위다."

갑작스러운 긴급 임무의 하달로 그들의 그런 술자리는 깨지고 말았다. 끝내 밀리게 된 392연대가 적의 진격 속도를 줄여 줄 지원 포격을 요청해 왔던 것이다.

그들은 근처 얼어붙은 논바닥에 긴급 방렬*을 하고 30분가량

*OP (Observation Post) : 전방 관측소.

비사격을 했다. 그동안 유선 가설에 땀을 뺀 이 중위는 비상식량으로 늦은 아침을 때운 후 부대가 다음 진로로 이동할 무렵 가설 차량으로 자리를 옮겼다. 방금 철거한 야전선 뭉치와 빈 방차 통* 이 개인 장비와 뒤죽박죽이 된 차량 한구석에 교환병 김 일병이 풀이 죽어 앉아 있었다.

"김 일병, 새벽에는 내가 지나쳤다. 대신 작전이 끝나는 즉시 휴가는 책임지마. 안 되면 단 며칠이라도."

이 중위는 불면으로 핼쑥한 김 일병의 얼굴에 알지 못할 연민을 느끼며 부드러운 목소리로 말했다.

이제 겨우 스물셋인데도 녀석에겐 아내와 아이가 있었다. 그런데 얼마 전 강 병장이 들려준 이야기는 바로 그 아내가 백일도 안 지난 아이를 시가에 떼 놓고 어디론가 가 버렸다는 것이었다. 이 중위는 힘들여 녀석의 청원 휴가를 만들어 냈으나 이번 작전으로 그만 연기돼 버렸다. 이 중위의 다정한 위로에도 불구하고 김 일병은 그저 망연한 눈길로 이 중위를 올려 보며 꿈꾸듯 중얼거렸다.

"과장님, 저는 그때 전화를 받고 있었습니다……."

아, 또 그 전화 얘기, 이 중위는 약간 한심한 기분으로 그를 마주 보았다. 맞은편에 앉아 있던 가설병들이 저희들끼리 수군거리며 킥킥 웃었다.

* 방렬(放列): 포병 진지에서 화포를 사격 대형으로 정렬하는 일.
* 방차 통: 막아서 가리거나 차단하기 위한 통.

"터키 병사였습니다······."

김 일병은 최근 들어 기이한 환청에 시달리고 있었다. 밤늦어 졸면서 근무하던 전방의 교환병이 간혹 환청을 경험하는 수가 있기는 하지만 김 일병의 그것은 좀 특이했다. 한결같이 이 땅에서 죽은 외국인 병사들의 전화가 거의 매일 저녁 그에게 걸려 온다는 것이었다.

군의관은 김 일병의 그런 증상을 지난여름의 야전선 매설 작업과 관련이 있는 것으로 풀이했다. 그 작업 중 몇 군데 땅속에서 해골 더미가 발견됐는데 그것이 그때 그 작업에 동원됐던 김 일병의 의식 깊이 잠재했다가 다른 어떤 심리적인 요인과 함께 환청으로 나타났으리라는 것이었다. 그러나 환청 이상의 다른 증상은 전혀 김 일병에게 보이지 않았으므로 특별한 치료나 후송 같은 것은 고려도 하지 않고 있었다.

"이스탄불의 건달이었답니다. 고향에 돌아가는 꿈을 꾼 날 아침 적의 박격포에 당했어요······."

이 중위는 대답하지 않았다. 그러나 김 일병은 여전히 몽롱한 표정으로 폭사한 터키 병사의 얘기를 계속했다. 그는 우리말밖에 모르는데도 환청 속에서만은 어느 나라 말이건 신통하게 알아들었다. 영어, 불어, 일어는 물론 서반아 어, 인도네시아 어까지도. 그리고 그에게 전화질을 해 대는 망령들은 한결같이 일정한 유령이었다.

지난가을 늦게 녀석에게 처음 전화를 한 것은 산둥 성 출신의 중공군 병사였다. 젊고 아름다운 아내를 두고 왔는데 무단 후퇴를 하다 독전병*에게 즉결됐다는 것이었다. 그다음이 전직 복서였다는 콜롬비아 중사, 약혼녀에게 자랑할 전리품을 위해 인민군 시체 더미를 뒤지다 생존자에게 저격됐고, 다음은 삼류 가수와 결혼한 캐나다 군의 나팔수로 아내의 변심을 고심하다 자살, 그리고 지뢰를 밟은 소장수 출신의 영국 하사관 등——그러다가 며칠 전에는 청일 전쟁 때 죽은 일본군 병조장에게서까지 전화가 왔다. 단 하나같이 젊고 아름다운 아내와 약혼녀를 가졌던 병사들의 망령들이었다. 언젠가 이 중위는 빙글거리며 김 일병의 환청을 얘기하는 강 병장에게 언뜻 물은 적이 있었다.

　"그런데 그들 중에 김 일병은 누구일까?"

　강 병장은 잠시 생각하더니 대답했다.

　"그 캐나다 군의 나팔수일 겁니다. 녀석도 사회에 있을 때 나팔을 불었죠. 맥주홀의 밤무대 같은 데서——여자도 거기서 만났다니까요."

　그러나 그때는 거의 희롱처럼 느꼈던 강 병장의 얘기가 지금 이런 상황 아래서 망연한 눈길과 함께 떠오르자 왠지 이 중위도 음울해졌다.

　"나중에 알고 보니 자기가 고통 속에 죽어 가던 그 순간도 그의

*독전병(督戰兵) : 싸움을 감독하고 사기를 북돋아 주는 군사.

아내는 다른 사내와 흥청대고 있었다는 거예요……."

김 일병은 이 중위의 기분을 아는지 모르는지 여전히 독백과도
흡사한 얘기를 힘없이 이어 갔다.

"그러나 너는 살아서 돌아간다. 이건 도대체가 훈련이고 죽음
같은 것과는 아무 관련도 없어. 거기다가…… 아마 네 아내는 현
숙한 여자일 거야. 어디선가 틀림없이 너를 위해 좋은 일을 하고
있을 거다."

깊어 가는, 알지 못할 연민으로 다소 감상적이 된 이 중위는 그
렇게 위로하며 김 일병의 말허리를 잘랐다. 그리고 벌떡 일어나
차량 뒤켠으로 가서 마치 무거운 기분을 떨쳐 버리듯 두터운 방수
천을 걷어 젖혔다. 갑자기 찬 바람과 함께 굵은 눈발이 날아들었
다. 멎었던 눈이 다시 하늘 가득히 내리고 있었다.

건너편 도로 위에 포를 뒤로 뺀 우군 전차가 어디론가 황급히
이동하고 있었다. 시가 퍼레이드에서 자랑하던 위용과는 먼, 무언
가 초조와 불안에 싸인 듯한 조그만 쇠붙이의 초라한 행렬이었다.
전차대가 사라져 간 산모퉁이로 보병의 행렬이 끊임없이 눈 속을
헤쳐 가고 있었다. 그들을 보며 이 중위는 막연히 중얼거렸다.

"전쟁은 참으로 쓸쓸한 것이로구나……."

몇 군데에서의 긴급 방렬을 거쳐 그들이 숙영지*로 예정된 제4전
개 진지에 도착한 것은 늦은 오후였다. 그곳은 조그만 내를 끼고 멀

*숙영지(宿營地): 군대가 병영을 떠나 묵는 장소.

리 인가가 보이는 조그만 계곡 입구의 논이었다.

그들이 막 포 방렬을 마쳤을 때 갑작스런 적기의 공습이 있었다. 다행히 대공 위장이 거의 완료돼 진지는 피해가 없었지만, 고장으로 뒤져 들어오던 보급 차량이 반파(半破)의 판정을 받고 말았다.

공습 후부터 저물 때까지 이 중위는 정말 바빴다.

"눈썹과 ×털이 바람에 휘날리도록 달려와."

"워커 밑창에서 가죽 냄새가 나도록 뛰어."

선임 하사가 그렇게 시시덕거리며 관원들을 몰아 대고 있었지만 이 중위는 웃을 틈조차 없었다. 긴급 방렬 때와는 달리 진지에서는 정규 가설을, 그것도 통제관의 시간 체크 아래 해치워야 했기 때문이었다. 포대선은 포대의 가설병이 끌어 오게 돼 있었고, 참모부선은 구간이 짧아 문제가 안 됐지만, 포사(砲司)선, 연대선, OP선은 예상 외로 힘들었다. 대부분 몇 마일씩 되는 장거리 선인데다 지형지물이 낯설어 독도법(讀圖法)에 서툰 가설병에게만 전적으로 맡길 수가 없었기 때문이었다.

별수 없이 두 개의 OP선을 직접 지휘한 후 다시 연대선을 끌고 목적지 부근에 도달했을 때는 이미 날이 저물고 있었다. 6부 정도의 능선에서 일단의 보병들이 참호를 구축하고 있는 것이 보였다. 언 땅이라 야전삽 정도로는 교통호*는 고사하고 개인호도 제대로 파여질 것 같지 않았다. 그들과 약간 떨어진 곳에 소대장인 듯한

*교통호 : 참호와 참호 사이를 안전하게 다닐 수 있도록 판 호.

소위 하나가 철모를 쓴 채 눈 바닥에 그대로 누워 있었다. 앳되고 수려한 얼굴이었다.

"연대 본부가 어디요?"

그러자 고개를 약간 든 그는 말도 하기 귀찮다는 듯 손을 들어 이미 어둠이 짙어 오는 계곡 밑을 가리켰다. 그러고 보니 기계적인 동작을 되풀이하고 있는 사병들도 몹시 지쳐 있는 것 같았다. 아마 그들은 하루 종일 도보로 행군했을 것이다. 적어도 20마일 이상을, 그것도 가끔씩은 구보로, 그런 그들을 바라보면서 이 중위는 비록 알고는 있었지만 미처 체험해 보지 못한 전쟁의 또 다른 일면을 생생히 실감했다.

"전쟁이란 피로한 것이로구나."

그러나 피로는 거기서 끝나지 않았다. 가설을 힘들여 마치자 이번에는 여기저기서 원인 모를 단선(斷線)이 기다리고 있었다. 그런데 한 가지 이상한 것은 단선을 잡기만 하면 그것은 반드시 도로 횡단 지점에서였고, 그 형태는 누군가가 야전선을 돌로 짓찧어 놓은 것 같았다. 몇 번인가 똑같은 경우를 당한 후에야 비로소 이 중위는 그 원인을 알아냈다. 범인은 우군 자주포*와 전차였다. 땅이 얼어 깊이 묻지 못한 야전선을 그 육중한 무한궤도*가 짓씹어 놓은 것이었다. 견디다 못한 이 중위는 모든 도로 횡단을 가능한

*자주포 : 차량이나 장갑차 따위에 고정하여 만든 포.
*무한궤도 : 차바퀴의 둘레에 강판으로 만든 벨트를 걸어 놓은 장치.

한 매설 횡단에서 가공(架空) 횡단으로 바꾸고 말았다.

밤 8시경에야 모든 작업을 마친 이 중위는 숙영지로 돌아왔다. 겨울밤으로는 상당히 깊어 사방은 고요했다. 불빛이 통제된 진지는 한층 완강한 침묵으로 어둠과 추위 속에 웅크리고 있었다.

이 중위가 바짓가랑이와 군화에 묻은 눈을 털고 10인용의 가설병 막사에 들어가니 썰렁한 저녁 식사가 기다리고 있었다. 부식은 우내장(牛內臟)국이었던 모양으로 표면에는 기름이 두껍게 굳어 있었고, 절인 무에도 살얼음이 끼어 있었다. 그제서야 이 중위는 추위에 언 가설병들의 얼굴을 바라보며 도중 민가에라도 들러 저녁을 먹이고 오지 않은 것을 후회했다. 돈보다는 이동 통제반과 적의 게릴라가 두려워 그는 가설병들을 재촉해 귀환해 버렸던 것이다. 약간 미안해진 이 중위가 멀거니 식기를 바라보고 있을 때 갑자기 누군가가 김이 무럭무럭 나는 반합 두 개를 들고 들어왔다. 서무계 권 일병이었다.

"뭐야?"

"찌갭니다. 과장님 몫은 따로 끓이고 있으니 함께 가시지요."

가설병들이 환성을 지르며 식기를 들고 반합 주위로 모여들었다. 군용 두부와 동태, 콩나물 따위를 넣고 역시 군용 고추장을 풀어 끓인 것으로 이 중위가 보기에도 먹음 직했다.

"누가 끓였나?"

"강 병장님 솜씹니다. 자, 과장님, 가시죠. 강 병장님이 기다리고 있습니다.”

권 일병이 인도해 간 곳은 계곡 한편의 전주 밑에 자리 잡은 강 병장의 텐트였다.

개인 텐트 몇 장 교묘하게 결합한 한 평 남짓한 그 속에는, 강 병장이 단짝인 암호병 박 상병과 함께 이 중위를 기다리고 있었다.

“히야, 이 사람들 봐라.”

텐트를 들치고 들어간 이 중위는 우선 감탄했다. 텐트 안에는 군용 갓을 씌운 백열등이 켜져 있었고, 구석에는 조그만 전기 곤로가 발갛게 달아 있었다. 그리고 텐트 한가운데 놓인 등산용 고체 연료 위에서는 무엇인가가 한참 기분 좋게 끓고 있었다. 그 곁에는 소주병도 두어 개 보였다.

“전기는 누가 끌었나? 고압선 같던데.”

“한전(韓電) 기사가 끌었습니다.”

한전에 근무하다 입대한 신병을 가리키는 말이었다. 강 병장은 방한모도 야전잠바도 벗은 채로였다.

“곤로는?”

“미리 준비해 왔죠. 고체 연료도 서너 개. 아무래도 겨울에는 따뜻한 게 제일이니까요.”

“거기다가 야전 전기 세트라— 이건 PLL(전투 예비) 아냐?”

그러나 이 중위의 질문은 나무람이기보다는 감탄의 연속이었다.

“하여튼 애들을 위해 찌개를 끓여 둔 건 잘했다. 그런데 이 술은 웬 거야? PX품이 아닌데—."

"역시 PX 겁니다. 이럴 때 PX도 한몫 봐야죠."

그러자 이 중위에게도 생각나는 게 있었다. 원래 PX는 군납품만 쓰게 돼 있다. 그러나 그것은 정가가 있고 이윤이 적은 데다 때로는 질(質) 문제로 잘 팔리지 않았다. 영내에 있을 때는 사단 PX와 감찰부의 통제 때문에 어쩔 수 없지만 이제 그들의 통제권 밖으로 나온 이상 반드시 군납품을 쓸 필요는 없었다. 듣기에 주임 상사는 이번에 개인적인 투자로 거의 한 트레일러* 분의 사제(私製) 물품을 가지고 왔다는 것이다.

식사를 마치자 이 중위도 방한모와 야전잠바를 벗었다. 눈에 젖은 바짓가랑이와 군화에서 가는 김이 솟아오르고 있었다. 강 병장이 넥타 깡통에 소주를 반 가까이나 부어 권했다.

"한잔 드십시오. 몸이 확 풀릴 겁니다."

안줏거리 찌개는 따로 있었다. 강 병장이 납작한 철제 약상자에서 고춧가루와 다진 마늘을 범벅해 둔 양념이며, 조미료, 장조림 따위를 꺼내는 걸 보고 이 중위가 다시 물었다.

"치밀하군. 누구 솜씬가?"

"박 상병 어부인 솜씨죠. 지난주 외출 때 가져왔습니다."

육사를 중퇴했다는 풍문뿐 강 병장의 경력이나 환경이 깊이 감

*트레일러 : 동력 없이 견인차에 연결하여 짐이나 사람을 실어 나르는 차량.

추어진 것임에 비해 박 상병의 그것은 비교적 대대에 널리 알려져 있었다. 우선 그는 부대의 최고령자였다. 국내 제일의 명문에서 대학원까지 수료하고도 고시 준비로 몇 년을 더 보낸 바람에 스물여덟에 입대, 지금은 강 병장보다 한 살 많은 서른이었다. 부인은 약사로 개업 중이었고 세 살 난 아들이 있었는데, 강 병장과는 각별하게 지내고 있었다.

이상하게도 이 중위는 그들과 술을 나누다 보면 자기가 군에 있다는 것을 깜박깜박 잊어버리곤 했다. 한 번은 술에 취해 그들과 강 형, 박 형 하다가 부대장에게 경을 친 적도 있을 만큼 그들의 화제는 군대를 떠나 있었고 그 분위기는 독특했다. 그런데 그날은 웬일로 그렇지 않았다. 오히려 그들이 서로 강 형, 박 형 하는 것이 조잡스럽게 보였고 그들의 대화도 공허하게 들렸다. 처음 한동안 영문을 모르고 마시던 그는 술이 몇 순배 돈 후에야 그 원인을 깨달았다.

"그런데 말이야, 강 병장. 나는 장교로 2년째 근무하면서도 도무지 너희들을 이해할 수 없는 게 하나 있어."

"뭔데요?"

강 병장은 정말로 궁금하다는 듯 물었다.

"너희들이—그 무어랄까…… 이를테면 모든 것을 방기해 버린 것 같은 자세 말이야."

"구체적으로 어떤 것 말씀입니까?"

"예를 들면 너희들의 탐식. 너희들은 이상하게도 먹는 것에 집착한다. 이미 우리 군대에는 아무도 배고픈 사람이 없을 텐데도 말이다."

"먹는다는 건 분명 즐거운 일입니다. 그다음은요?"

"너희들의 나태. 너희들은 병적으로 움직이는 걸 싫어한다. 훈련이나 작업은 물론이지만, 분명 너희들에게도 유리한 일도 시키기 전에는 안 한다. 대신 기회만 있으면 자고, 그래도 시간이 남으면 멍청히 있기를 좋아한다."

"사실 배부른 사병이 가장 열렬히 바라는 게 그 두 가집니다."

"또 있다. 그것은 너희들의 집요한 탐락. 한번 술잔을 들면 쓰러질 때까지 놓지 않고 여자를 얻으면 날이 새기 전에는 그 배 위에서 내려오지 않는다. 너희들이 용감하고 부지런해지는 것은 그 둘을 위해서뿐이다."

"대개 총기 사고는 그 둘 중의 하나 때문이죠."

"너무 철저한 자기 방기다. 더구나 그것이 학력이나 인격, 연령에 관계없이 너희들에게 공통되는 것을 보면 아연할 때마저 있다."

"이거 오늘 우리가 되게 당하는군요. 너무나 사병적(士兵的)인 야영 준비였습니까?"

강 병장은 여유 있게 웃었다.

"그런데 과장님은 그 원인을 생각해 보셨습니까?"

"처음에는 나는 그게 일제의 나쁜 유산이라고 생각했다. 그때 남의 나라, 다른 민족을 위해 죽음을 강요당해야 했던 그들의 군대관이 지금까지 그릇 전승돼 왔다고. 하지만 그것은 너무 오래된 일이고 또 지금은 다르다."

"그래도 일제의 잔재가 완전히 없어진 건 아니죠."

"그래서 나는 또 그것이 와전된* 쾌락주의라 생각했다. 개인주의와 현실 숭배의 기형적인 결합 같은 것— 하지만 그것도 너희들의 그 철저한 방기의 설명으로는 불충분해."

"맞습니다. 잘 보셨지만 과장님은 가장 중요한 것을 빠뜨렸습니다."

"무언가?"

"니힐*이죠. 병사의 절망입니다."

"병사의 절망?"

"모든 것을 타아(他我)에 맡겨 버린 자아의 절망입니다. 우리에게 존재를 부여하는 생명까지도 병사는 자기 것으로 가지고 있지 않습니다. 그가 가진 것은 철저한 무(無)죠."

"그런 것을 정말 너희들이 모두 느끼고 있단 말인가?"

"물론 그렇지는 않습니다. 그러나 그것을 의식하지 못한다는 것과 그게 없다는 건 별개지요. 모든 병사는 군번과 함께 그 절망

*와전된 : 사실과 다르게 전해진.
*니힐(nihil) : 니힐리즘(nihilism)을 줄여 말한 것으로 허무주의.

을 잠재의식 속에 지급받았던 겁니다."

"하지만 소위 동일시라든가 동기의 합리화 같은 것이 있지 않나? 집단을 통해 자아를 실현하는 것 같은……."

여기서 불쑥 박 상병이 끼어들었다. 그들은 이 화제에 어느 정도 익숙한 것 같았다.

"그런 것을 자발적인 것으로 사병들에게 구하는 것은 무리지요. 더구나 우리는 대개 국민 개병 제도(國民皆兵制度)에 따라 의무적으로 왔을 뿐이니까요. 효과적인 동기 부여나 정치화가 있어야 합니다."

"그걸 위해 정훈*이 있지 않나?"

"그러나 그 효과는 참으로 의심스럽습니다. 오히려 병사의 절망을 확인시키는 때도 있죠. 예를 들어 프롤레타리아에 대해 수십 매의 논문이라도 쓸 수 있는 사병이 '프롤레타리아, 아무것도 가지지 않은 자, 즉 빈털터리' 식의 암기 사항을 강요당할 때, 그는 자기의 절망을 확인할 겁니다. 또 사학을 전공한 친구가 별로 전문화되지 못한 정훈 교관에게 '이순신 장군은 배 12척으로 적선 3백을 격침시켰다' 따위 얘기를 듣고 웃었다고 기합을 받게 될 때도……."

"대개 박 상병이나 강 병장 자신의 얘길 테지만 그런 경우는 흔

---

*정훈(政訓) : 군인을 대상으로 한 교양, 이념 교육 및 군사 선전, 대외 보도 따위에 관한 일을 통틀어 이르는 말.

치 않아."

"그래도 우리 본부 요원의 태반은 대졸이나 대재(大在)입니다. 그리고 앞으로 그 비율은 높아 갈 겁니다. 뿐만 아니라……."

이번에는 강 병장이 다시 끼어들었다.

"지적 수준이 낮은 사병도 마찬가집니다. 별 알맹이도 없이 어렵기만 한 한문 용어로 된 정훈 교범을 대할 때, 토요일 내무 사열에서 수십 개의 비슷비슷한 암기 사항을 다 못 외어 그날의 외박이 취소당했을 때, 시골 중학을 중퇴한 그 사병은 또한 자기의 절망을 확인할 겁니다."

"그렇다면 결국 우리의 정훈은 완전한 낭비인 셈이군."

"아니죠. 만약 어떤 곳에서 보다 전문화된 교관에 의해 근거 있게 등급화된 사병들의 교육이 이루어진다면 문제는 달라집니다."

여기서 이 중위는 묘한 저항감을 느꼈다.

"아니면 너희들 중 하나를 정훈감에 앉히거나……."

원래 논리에 감정이 개입되면 그 논리는 끝이다. 그런데 돌연 그들의 대화에 노골적인 감정을 끌어들인 것은 어느새 취한 박 상병이었다.

"병사들을 절망시키는 것은 그 밖에도 더 있습니다. 이를테면 하사관 층의 원인 모를 가학 성향, 장교들의 아리스토크래티즘*―."

*아리스토크래티즘 : 귀족주의. 소수의 특권 계층을 지지하거나 그들만이 정치, 경제, 사회, 문화 따위의 지배자나 참여자가 되어야 한다는 입장.

"박 형, 잠깐."

갑자기 노련한 강 병장이 요란스레 술병을 부딪치며 박 상병의 말을 중단시켰다.

"술이 다 됐어. 수고스럽지만 술 좀 더 가져오쇼."

강 병장은 그쯤에서 대화를 끝내고 싶은 모양이었다. 그는 분노로 변해 가는 이 중위의 묘한 저항감을 짐작한 것 같았다. 그러나 취한 박 상병은 할 얘기를 다 하고야 일어섰다.

"사단 보충대에서의 일입니다. 제 신상명세서를 본 인사과 행정반의 장교들이 저를 부르더군요. 멋모르고 쓴 대학원 학력 때문이었죠. 그들은 나를 잘 보아준답시고 사역과 훈련에서 빼낸 것입니다. 그런데 일없이 행정반에 빈둥댄다고 그들에게 처음 받은 과업이 뭔지 아십니까? 군화를 닦아 달라는 것과 PX에서 담배를 사 오라는 것이었습니다. 그것도 남은 80원으로는 오리온 마미를 하나 사 먹고…… 또 한번은 치핵으로 지구 병원에 후송을 간 적이 있었습니다. 그 병원에는 경환자에 한해서 가벼운 사역을 시킬 수 있다는 규칙이 있었죠. 그래서 저는 엉덩이에 커다란 혹을 달고 어기적거리며 성한 장교들을 위해 구내 테니스장의 무거운 롤러를 끌었습니다……."

강 병장은 조심스레 이 중위의 눈치를 살폈지만, 거기서 이 중위는 오히려 원인 모르게 착잡한 심경이 되었다. 그는 비틀거리며 일어서는 박 상병을 붙들어 앉히고 대신 일어섰다.

"작전 중이야. 술은 됐어. 오늘만은 그놈의 절망을 절제해라."

그는 담담하게 말하고 강 병장의 막사를 나왔다. 강 병장이 따라 나왔다.

"술 잘 마셨다. 잘 자라."

"죄송합니다. 안녕히 주무십시오. 필승!"

강 병장은 전에 없이 단정하게 경례까지 했다. 그러나 보기보다 많이 취한 것 같은 박 상병은 그동안도 비스듬히 앉은 채 무언가를 중얼거리고 있었다.

"니힐, 니힐, 니힐리아 노래 부르며…… 저 바벨론의 강가에서 먼 시온을 생각하며 울었노라……."

하지만 그날 밤은 결국 누구도 잘 잘 수 있는 밤이 못 되었다. 게릴라 침투가 세 번이나 있어 무전 차량 한 대가 반파, 포차 한 대가 완파되고, 20여 명이 사상 판정을 받았다. 전 병력은 별수 없이 취침을 포기하고 철야 경계에 들어갔다. 거기다가 새벽녘에는 또 난데없는 헌병대가 들이닥쳐 한바탕 난리를 치렀다. 인근 부락의 술집에서 나이 든 작부 하나가 피살된 사건 때문이었다. 술집 주인의 신고로는 전날 밤 9시경 술 취한 군인 하나가 찾아와 술과 여자를 청하기에 들여보냈는데 한참이 지나도 조용하기에 문을 열어 보니 여자 혼자 목이 졸려 숨져 있었다는 것이었다. 그 군인은 풀이 많이 꽂힌 위장망을 입고 있어 계급과 군번을 보지는 못했지만 그 위장망이 단서가 되어 헌병대는 부근에서 훈련 중인 부대에 중점을 두고 하나씩 뒤져 온 모양이었다. 그러나 부근에서 작전 중인 병력만도 만 명이 넘는 데다 야영지에서 정확한 병력 통제란 원래가 어려운 것이어서 범인은 아직 윤곽도 잡히지 않고 있었다.

이 중위의 부대에서도 그 시각에 진지에 없었던 것이 명백한 몇몇이—예를 들면 선로를 보수하러 나갔던 가설병이나 부식 수령을 갔다가 늦은 일종계와 취사병 같은 병사들이—턱없이 엄한 심문을 받고 데려온 술집 주인과 면대까지 했으나 술집 주인은 이미 얼굴을 잊은 후였다. 사건 후부터 지금까지 벌써 수백 명을 면대한 그는 그저 자고 싶으니 돌려보내 달라고 할 뿐이었다.

이튿날 D+1일은 숨 가쁜 이동의 연속이었다. 반격에 실패한 지원 연대를 따라 이 중위가 소속된 야포대도 30마일이나 뒤로 밀렸기 때문이었다. 오전 동안에 긴급 방렬이 두 번, 게릴라 출현이 한 번, 그리고 적의 경비행기가 투항을 권고하는 전단을 뿌리고 사라졌다.

그런데 오후 늦게 재반격이 시작되면서 이 중위의 부대는 포병으로서는 가장 치명적인 실수를 저질렀다. 제6전개 진지에서 적 보병 집결지를 향해 맹렬하게 비사격을 하고 있는데 통제관이 화집점* 확인을 하러 들어왔다. 그러나 핀이 꽂혀 있는 것은 적의 집결

*화집점(火集點): 군사용 지도의 좌표에 표시된 포격 지점.

지가 아니라 392연대의 CP* 부근이었다. 지원 연대가 이미 30분 전에 진격한 것도 모르고 열심히 그 머리 위에 포탄을 퍼부은 셈이었다. 다행히 비사격이어서 실질적인 피해는 없었지만 그 오폭에 대한 통제관의 피해 판정은 지원 연대의 부관을 비롯해 3명의 장교와 사병 120명의 사상(死傷), 그리고 차량 파손 여섯 대였다.

상황실은 벌컥 뒤집히고 컴퓨터(계산병)들은 거의 혼이 빠졌다. 그러나 아무리 계산해 봐도 연대 최종 지원 사격 요청 지점의 좌표는 그곳임에 틀림없었다. 결국 지원 연대에 문의한 결과, 연대는 진공 작전에 그 지역에 대한 포격 중지 요청을 AM망으로 날렸다는 것이었다. 그렇다면 그 전문을 처음 접수한 AM이나 그걸 조립한 암호병 박 상병과 상황실 사이에서 무슨 이상이 있었음이 분명했다. 그걸 확인하자 이 중위는 문득 생각나는 게 있었다. 한 20분 전에 이 중위는 입술이 터지고 눈두덩이 부은 박 상병이 멍하니 V-34가 장치된 박스 카에 기대 서 있는 것을 보았지만 그때 마침 RC-292 안테나가 쓰러졌다는 연락을 받고 그리로 달려가던 길이어서 그냥 지나친 적이 있었다. 이 중위는 급히 박 상병을 찾아보았다. 박 상병은 아직도 그 자리에 멍하니 서 있었다.

"박 상병, 이거 어떻게 된 거야?"

"저는 이 전문을 전하러 상황실로 뛰어갔습니다."

박 상병은 아직도 문제의 전문을 손에 들고 있었다.

*CP(Command Post) : 지휘소.

"그런데 왜 전하지 않았나?"

"도중에 본부 부관 소위님을 만났습니다. 다짜고짜 주먹이 날아왔어요……."

"무엇 때문에?"

"철모도 안 쓰고 위장망을 입지 않았다는 겁니다."

박 상병은 주로 박스 카 안에서 근무하기 때문에 전투 복장에 소홀했던 것 같았다.

"하지만 그 후라도 그 전문은 전했어야 하지 않나?"

"그럴 틈이 없었습니다. 다시 자기를 노려보았다고 주먹과 발길이 계속 날아들었으니까요."

그런 박 상병의 두 눈에는 은은한 불길이 타오르고 있었다. 입술은 좀 전보다 더 흉하게 부어올라 있었다.

"그럼 지금까지 계속 맞고 있었단 말인가?"

"그런 건 아니지만…… 그만 정신을 잃었던 모양입니다. 내 스스로가 너무도 처참해서…… 정신을 차리고 보니 벌써―20분이나 지나 있었습니다."

기어이 박 상병의 목이 잠겨 왔다. 이 중위는 그와는 더 이상 얘기가 될 것 같지 않아 심 소위를 찾아 나섰다.

심 소위는 비정규 사관학교 출신으로 금년 봄에 임관된 이른바 '신삥 소위'였다. 군인으로는 대개 충실한 편이었는데, 계급을 지나치게 따지는 게 흠이어서 처음에는 마흔이 넘는 하사관들까지

함부로 다루다가 물의를 빚을 정도였다.

　그러다가 차차 실무를 경험하면서 그들에게는 다소 부드러워졌지만 일반 사병들에게는 여전히 엄하고 거칠게 대했다. 특히 그런 그의 엄격함은 참모부의 대학 출신 사병들에게 심해, 그들 중 한번쯤 심 소위에게 당하지 않은 사람은 별로 없었다.

　강 병장은 그 원인을 심 소위의 '대학 콤플렉스'로 분석했는데, 그 예외 중의 하나가 박 상병이었다. 나이가 나이인 데다, 암호병이란 직책이 원래 눈에 잘 띄지 않는 것이었기 때문이었다. 그러나 강 병장은 오히려 그 점을 더 염려했다. 그것은 박 상병이 석사 과정까지 수료한 대학이 심 소위가 입대하기 전에 두 번이나 낙방한 바로 그 대학이라는 점 때문이었다. 강 병장의 판단이 옳았는지 모르지만, 하여튼 결과는 너무 엄청난 것이었다.

　심 소위는 마침 PX 차 근처에서 동기인 박 소위와 깐 포도를 마시며 떠들고 있었다.

　"어이 심 소위, 나 좀 봐."

　"웬일입니까? 통신 장교님."

　심 소위는 무슨 일이 있었느냐는 듯 태연한 얼굴로 건들거리며 다가왔다.

　"박 상병 일이 어떻게 된 거야? 영창 가게 됐잖아?"

　"아, 그 새끼요? 영창 가야 싸죠. 하두 복장이 엉망이고 군기가 싹 빠졌길래 몇 대 쥐어박아 보내려 했더니, 아 이게 노려보잖아

요? 그리고 나중에는 숫제 징징 울며 기어 붙는 거예요. 그래서
좀 짓밟아 버렸죠."

"그래도 급한 용무로 가는 사람을……."

"그 새끼가 말하지 않는 걸 내가 어떻게 알아요? 그리고 터진
후에라도 뛰어갈 일이지, 기집애처럼 쿨쩍거리기는."

"그래도 나이 든 사람을—좀 심했지 않나?"

이 중위는 치밀어 오르는 화를 가까스로 누르며 조용히 말했다.
그러나 심 소위는 조금도 그것을 개의치 않았다.

"병신 새끼, 나이 처먹었으면 지가 먹었지—미쳤다고 자빠져
있다가 이제 오기는…… 억울하면 새벽밥 먹고 군대 올 일이지.
요리조리 미꾸라지처럼 빠지다 늦게 끌려온 그런 새끼 설움받아
싸죠. 지가 대학원을 나왔으면 나왔지. 아니꼬워서……."

"심 소위, 사병들에게 너무 그러는 거 아냐. 이게 실전이라면 뒷
총 맞는 수가 있어."

"흥, 이게 실전이라면 그런 같잖은 새끼는 당장 즉결입니다."

드디어 이 중위도 분통이 터지고 말았다.

"야, 이 새끼 정말 악질이구나."

이 중위의 주먹이 날아왔다. 심 소위의 고개가 젖혀지며 철모가
언 땅바닥에 떨어져 요란한 소리를 냈다. 그러나 심 소위의 기세
는 여전히 수그러질 줄 몰랐다.

"이거 왜 이러슈? 이 중위님. 사병 애들 보는 데서 창피하게……

말루 합시다, 말루."

"뭐 이 새끼야, 말루? 개발에 다갈이다. 인마, 너 같은 놈이 장교라는 건 대한민국의 수치다."

그러나 심 소위도 지지 않았다. 연신 날아오는 이 중위의 주먹을 두 손으로 막으며 악을 쓰는 것이었다.

"너무 그러지 마슈, 통신 장교님. 철모가 빵구 나게 해 먹을 것도 아니면서…… 못난 자식새끼 편드는 애비도 아니고—."

그러나 함께 있던 박 소위와 마침 그곳을 지나가던 수송 장교의 제지로 소동이 길지는 않았다.

그날의 숙영지까지는 두 번의 이동이 더 있었다. 우군의 재반격이 순조로운 탓이었다. 그러나 숙영지와 정규 가설을 끝내고 지쳐 젖은 솜처럼 무거운 몸으로 돌아온 이 중위에게는 또 다른 성가신 일이 기다리고 있었다. 유선 감시조가 야전선을 걷어 가던 마을 아이들을 잡아 혼을 내준 것이 말썽이 된 것이다.

"보쇼. 말똥(무궁화) 두 개를 달았으면 눈에 뵈는 게 없소? 철모르는 애들이 좀 잘못이 있었기로 잘 타일러 보낼 일이지—개 패듯 팰 건 뭐요? 걔들이 빨갱이 새끼요? 너무 그러지 마쇼. 나도 내 한 몸 나라에 바친 일급 상이용사요."

이 중위가 급작스러운 부름을 받고 CP 막사로 달려가니 왼팔이 날아가고 얼굴이 흉하게 일그러진 50대의 남자 하나가 목발로 바닥을 땅땅 쳐 가며 대대장에게 따지고 있었다. 대대장은 무척 난

처한 모양이었다. 민폐는 작전 못지않게 중요한 통제관의 체크 사항이었다.

"통신 장교, 이게 도대체 무슨 일이야?"

힐끗 통제관을 보며 이 중위에게 그렇게 묻는 대대장의 표정은 차라리 '통제관이 납득하도록 잘 설명해'라는 명령이라는 게 옳았다. 그러나 이 중위는 해명할 틈이 없었다. 대뜸 그 남자가 이 중위를 보고 퍼부어 대기 시작한 것이다.

"당신이 통신 장교야? 이봐, 새파란 사람이 그러면 못써. 왜 남의 아이를 탕탕 치는 거야. 그렇게밖에 부하 교육을 시킬 수 없어?"

이건 숫제 반말이었다.

"가서 그놈 데려와. 우리 아이 친 그놈 말이야. 내 이 갈쿠리로 눈깔을 뽑아 놓고 말 테니."

그는 이 중위의 눈앞에다 왼손의 의수(義手)를 흔들어 댔다. 독한 술 냄새가 코를 찔렀다.

"그래도 하나뿐인 자식 놈이야. 지금 정신없이 앓아누웠어. 치료비 내놔. 연천에라도 데려가 입원시켜야겠어."

그러자 대대장이 부드러운 목소리로 끼어들었다.

"그럼, 이 중위. 우선 군의관 데리고 아이나 한번 보구 오지."

그러자 그 남자는 갑자기 사나운 기세로 펄펄 뛰며 악을 썼다.

"얕은 수작 부리지 말어. 링거나 한 병 맞히고, 아스피린 몇 알

먹인 뒤에 어물쩍 뜨려고? 어림없어. 그런 수작에 넘어갈 나 아니
야.”

그는 은근한 협박까지 곁들였다.

“내 비록 지금은 병신이지만 이래 봬도 백선엽이 따라 혜산진
까지 갔다 온 용사야. 너희 사단장 김 소장? 철의 삼각지에서 피
함께 흘린 전우야. 전화 한 통화면 끝나. 날 무시 보지 말어.”

그때였다. 뒤늦게 불려 온 선임 하사가 갑자기 꽥 고함을 질렀다.

“영감, 이거 조용하지 못해? 여기가 어디 제집 안방인 줄 알어?
이 순 사기꾼 같은 영감쟁이가.”

일순 그는 움찔했다. 그걸 보며 선임 하사는 자신 있게 대대장
에게 말했다.

“속지 마십쇼. 대대장님, 이 영감 몽땅 거짓말입니다. 뭐, 일급 상
이용사라구요? 어디서 불발탄 분해하다 팔다리 날리고선……”

그러자 갑자기 그 남자가 악을 썼다.

“야, 넌 뭐야. 네가 뭘 안다고 이 개 같은 새끼야.”

그러나 선임 하사는 눈도 깜짝 안 했다.

“자, 여기 전화 있다. 내 사단장실 대 주지. 뭐 함께 피 흘린 전
우? 정말 웃기네. 늙어도 곱게 늙어.”

그러고는 다시 대대장을 향해 돌아섰다.

“대대장님, 더 이상 상대하지 마십쇼. 전문적으로 훈련 부대 티
뜯고 다니는 치죠. 5년 전에도 여기 왔다가 이 비슷한 일로 쌀 두

가마 뜯겼습니다. 어이 김 상병, 이 일병, 이자 끌어내."

사내가 고래고래 악을 쓰며 끌려 나가자 대대장이 근심스러운 듯 물었다.

"정말 괜찮을까?"

"걱정 마십쇼. 저런 치들은 한번 본때를 봐야 해요. 약하게 뵈면 끝이 없습니다."

임 상사는 이어 그들을 소상하게 설명했다.

"포 사격이 있으면 사령부보다 먼저 아는 친구들이죠. 사격 중 10분 휴식이 있어도 그 시각까지 정확히 알아 탄피나 불발탄을 주워 갑니다. 뿐만 아니라 야전선을 걷기도 하고, 자동차 부속을 빼가기도 하지요. 아무리 중요한 걸 잃어도 저치들한테 구하면 얻을 수 있지요. 한번은 포대경을 잃어 쌀 한 가마니와 바꾼 적도 있습니다. 거짓말 좀 보태면 저치들 집 하나만 뒤져도 일 개 소대분의 장비는 넉넉히 나올 겁니다……."

정말로 그 남자는 부대가 철수할 때까지는 부근에 얼씬도 않았다.

그 밤에는 게릴라의 출현이 여섯 번이나 있었다. 사병들은 거의 뜬눈으로 밤을 새웠고, 장교들도 대부분은 새벽까지 잠을 설치고 말았다. 좀 이상한 것은 게릴라가 주로 통신 차량 부근에서 출몰한 것과 게릴라의 출현이 있을 때마다 어디선가 심 소위가 나타나 통신병을 들볶아 대는 것이었다. 그러나 아무도 게릴라를 본 사람은 없었고, 통제관도 상황 부여에만 만족하는 듯 피해 판정에는 관대했다. 여섯 번의 게릴라 출현에도 불구하고, 피해 판정은 무선 차량 반파와 3명 경상이 전부였다.

그런데 이 층 중에도 후일 오래오래 얘기된 두 개의 에피소드가 있었다.

그 하나는 후방 OP로부터 심 소위에게 날아온 긴급 전문이었다. 짧은 암호 전문이었는데 무전병이 급히 해역한 내용은 이런 것이었다.

— 영자 ×× 그리워, 오(吳).

— 나도. 권(權)—.

이번 작전에 참가하지 못해 심심해 죽겠다는 O1의 오 소위와 O2의 권 소위가 동기 심 소위에게 보낸 것이었다.

—×대가리 근지럽거든 총구 수입이나 해라—.

심 소위의 답신이었다. 물론 이들의 교신은 고위층이 탑승한 비행기의 이륙 시간을 그저 자모 분철법(字母分綴法)으로만 날린 이웃 사단의 무전병과 함께 황새봉의 무전 감식반에 잡혀 후일 처벌을 받았다.

그다음 또 하나의 에피소드는 교환대 김 일병의 것이었다.

그날 밤 3시경 돌연 그는 각 참모부를 동시 호출한 후 외쳤다.

"왜군이 북상한다. 이여송(李如松)을 격파하고."

그는 그날따라 임진왜란 때 참전했다가 벽제관에서 죽은 명나라 병사의 전화를 받았던 것이다. 그러나 이상히 여긴 교환대 막사로 달려갔을 때 그는 교환기에 기댄 채 잠들어 있었다.

한편 잦은 게릴라 출현으로 새벽까지 잠을 설친 이 중위는 날이 훤히 밝아 오는 걸 보고서야 아무에게도 간섭받지 않고 푹 잘 수 있는 박스 카로 갔다. 그러나 그 창틀 밑을 지나던 이 중위는 그 차량 안에서 들려온 무슨 다툼 소리에 잠시 걸음을 멈추고 귀를 기울여 보았다. 박 상병 홀로 있을 것으로 알았는데 이상하게도 강 병장과 함께였다.

"박 형, 참아요. 그거 이리 내고. 대신 내가 해 주겠소. 내 반드시 놈의 골통을 바수어 놓을 테니……."

강 병장은 박 상병을 상대로 무언가를 간곡히 만류하고 있었다.

"강 형은 상관 마쇼. 이건 내 일이오. 반드시 내 손으로 해야 할……."

"박 형에게 어울리지 않아요. 저급한 감정의 논리요. 현명해야지요. 나를 믿어 주쇼. 나는 아무도 상하지 않고 보복해 주겠소."

"강 형이 무슨 수로……."

"조금 전에 방법을 생각해 냈소. 두고 보쇼. 내일 아침에도 녀석이 제 발로 걸어 다닐 수 있는가."

무슨 일이 또 있었구나, 생각하며 이 중위는 차량을 돌아 박스 카의 뒷문을 열었다. 무엇인가를 서로 붙잡고 승강이를 벌이던 두 사람이 놀라 떨어졌다. 강 병장의 등 뒤로 무언가가 번쩍하며 숨겨졌다.

"강 병장, 뭐야? 등 뒤에 감춘 게?"

"아, 아무것도 아닙니다."

평소답지 않게 침착을 잃은 목소리였다. 이 중위는 강 병장의 감춘 손을 앞으로 끌어당겨 보았다. M-16 단검이었다. 그걸 보고 이 중위가 꽥 소리를 질렀다.

"뭐 하는 짓들이야?"

"……."

"심 소위지?"

그러자 그새 약간 여유를 회복한 강 병장이 낮은 목소리로 천천히 대답했다.

"심 소위님이 좀 심하셨던 것 같습니다. 조금 전에 또 박 상병을 짓밟고 갔습니다."

"왜?"

"게릴라가 출현했는데도 차 속에 가만히 있었다는 겁니다."

그 말을 듣자 이 중위도 얼굴에 열기가 확 치밀었다. 바로 심 소위 자신의 발길질 때문에 박 상병은 거동조차 불편했던 터였다. 어제의 오폭 사건으로 징계를 당하게 된 심 소위가 이 중위의 변호로 무사하게 된 박 상병에게 고의적인 화풀이를 한 것임에 틀림없었다.

그러나 이 중위는 끓어오르는 감정을 억제했다. 그는 역시 한 사람의 육군 장교였던 것이다. 심 소위의 소행은 충분히 가증스러운 것이었으나, 그보다 더 중요한 것은 집단이 고수해야 할 근본적인 질서와 위계(位階)였다. 그런데 조금 전 그가 엿들은 것은 바로 핵심을 폭력으로 부인하겠다는 것이었고, 그것은 또 그가 아무리 믿고 사랑하는 과원들이라도 인정할 수 없는 일이었다. 이 중위는 짐짓 험악한 얼굴로 두 사람을 노려보았다.

"그래서 — 이 칼로 찌르겠다는 건가?"

"아닙니다. 박 상병이 좀 흥분한 것 같기에 제가 달래고 있었습니다. 제가 한 말은 순전히 박 상병을 달래기 위해 지어낸 겁니다."

어느새 이 중위가 자기들의 얘기를 엿들은 걸 간파한 강 병장이 자기가 박 상병에게 한, 아마도 틀림없이 실현될 약속까지도 천연스레 농치고 있었다.

"염려 마십쇼, 과장님. 저나 박 상병이나 철없는 짓 할 나이는 지났습니다. 집단의 원리도 충분히 이해하고 있구요."

그러나 이 중위는 더욱 험한 얼굴로 그런 강 병장을 향해 고함을 질렀다.

"시끄러워, 이 건방진 새끼들. 사병이면 사병답게 처신해. 기왕 사병으로 와 놓고 굳이 사병 대접을 받지 않으려 드는 것은 꼴불견이야. 그리고 —."

이 중위는 두 사람을 천천히 번갈아 보며 낮으나 단호한 목소리로 말했다.

"만약 이 일로 또 다른 무슨 일이 생기면 너희 두 놈은 모두 영
창이야. 시시한 사단 영창이 아니라, 군법 회의에 붙여 남한산성
으로 보내겠어."

그런데 이 중위가 아침 9시경 다시 눈을 떠서 처음으로 부딪친
것은 그가 전혀 예상하지 못한 성질의 사건이었다. 선임 하사의
조심스러운 보고에 따르면 전입 온 지 두 달도 못 된 천 일병이 밤
새 어디론가 사라졌다는 것이다. 충청도 어느 두메에서 왔다는 천
일병은 어떻게 현역 입대가 가능했을까 싶을 정도로 학력과 지능
이 낮은 유선병이었다. 따라서 40여 명 과원 중에 섞인 천 일병의
존재는 지극히 미미한 것이었지만, 이 중위에게는 그를 특별히 기
억할 일이 하나 있었다.

약 한 달 전 어느 된서리가 내린 아침, 우연히 교환대를 지나던
이 중위는 양지바른 벽에 기대서서 홀로 쿨적이는 천 일병을 만났
다. 이 중위가 다가가 원인을 묻자 그는 갑자기 복받친 듯 방울방
울 눈물을 떨어뜨리며 떠듬거렸다.

"벌이…… 다 얼어 죽겠네유. 엄씨(어머니) 혼자―가을걷기
가 잘될란지유. 섬께 밭에 보리 파종도 해얄 낀데……."

뒤에 강 병장을 통해 들었지마는 그는 산촌에서 전답 몇 마지기
에 벌 몇 통을 치는 홀어머니의 외아들이었다.

이 중위는 왠지 불안한 마음으로 일방 수색조를 보내고 일방 포

로 명단을 확인하면서 진지 이동 때까지 초조히 기다렸다. 그러나 천 일병은 끝내 돌아오지 않았다.

D+2일. 대대적인 우군의 반격 작전이 전개됐다. 작전 초에 가장 큰 타격을 받았던 아군 390연대는 대오를 정비해 적을 우회, 적 후방 4마일 지점의 무명고지에 돌출했다. 조공을 맡은 392연대는 적의 좌익을 충실히 견제했고, 정예 392전투단의 주력 일부는 임진강 도하 작전에 성공, 적진에 교두보를 확보했다. 작전 초에 무리하게 병력을 산개*한 것은 서서히 붕괴돼 가고 있었다.

이 중위의 야포대는 반격이 개시되면서 더욱 바빠졌다. 여기저기서 화력 지원 요청이 들어오고 종합 화망 형성(綜合火網形成)에도 참가해야 했다. 그날 그들은 낮 동안만 여섯 번 진지를 이동했고 여덟 번 포를 방렬했다. 실사격도 두 번이나 있었다. 그러나 지난 이틀의 야간 체험은 그런 중에도 이 중위에게 어느 정도 전쟁을 객관적으로 음미하고 관찰할 수 있는 여유를 주었다. 무엇보다도 먼저 이상한 것은 연 사흘째 작전을 수행하고 있으면서도 산발적인 게릴라 침투 외에는 적의 그림자도 보지 못했다는 점이었다. 물론 포병 진지에 적의 보병이 나타난다면 볼 장 다 본 셈이라는 말은 익히 들어왔지만, 그것은 이 중위에게는 전혀 새로운 경험이었다.

"이제 우리의 전쟁은 적을 볼 수 없는 것이 되었구나……."

*산개(散開) : 밀집된 군대나 병력을 적당한 간격으로 넓게 벌리거나 해산하는 일.

적을 볼 수 없다는 것―거기에 현대전의 잔학성이 있는 것 같았다. 항복한 병사를 도살한 항우는 그로 인해 천하를 잃었고 포로를 학대한 나치나 일제의 장군들은 전범(戰犯)으로 처벌되었다. 그러나 포탄이나 미사일의 발사를 명한 현대전의 장군들에게는 아무도 책임을 묻지 않는다. 전자는 적을 보았는데 비해 후자는 적을 보지 못했기 때문이다. 날아간 포탄이나 미사일은 분명 항거의 의사나 능력을 묻지 않고 대량으로 적을 도살하였는데도.

다음 또 하나 이 중위에게 인상적이었던 것은 현대전의 정묘한 메커니즘이었다. 그들은 바쁘게 이동하고 포를 쏘았지만, 기실 그것은 하나의 일관된 공정과도 같은 것이었다. 예정된 시간에 일정한 거리를 이동해 이미 핀이 꽂힌 지도상의 한 지점으로 역시 일정량의 포탄을 퍼붓는 것은 피스톤의 왕복이나 톱니바퀴의 회전같이, 전쟁이란 거대한 메커니즘의 부분 동작에 지나지 않았다. 그 시각 다른 병과는 그들대로 주어진 그들 몫의 부분 동작에 열중해 있을 것이다. 거기서 문득 이 중위는 이상하게 왜소해진 개인과 소집단을 보았다.

그런데 이 중위가 학훈단* 동기인 남 중위를 만난 것은 제6전개 진지의 연대선 가설을 하는 도중이었다. 공병 병과인 남 중위는 4분의 3톤 차량에 몇 명의 사병을 태우고 어디론가 출동하다가 가설 중인 이 중위를 보고 차를 세웠다. 반가운 인사 끝에 이

*학훈단 : '학생 군사 교육단'의 전 이름.

중위는 언뜻 그 차량 뒤에 실린 몇 통의 야전삽을 보고 무심히 물었다.

"공병대도 가설을 하나?"

남 중위는 빙긋 웃었다.

"왜 공병은 가설을 하면 안 되나? 이게 다 네놈들 포가 백발백중하라고 하는 짓이다."

"무슨 말이야?"

"지금 천마고지로 가는 길이다."

"천마고지? 거긴 내일 우리의 최종 화집점인데……."

"그러니까 손 좀 봐 두러 가는 거야. 하기야 실제로 쓰인 경우는 한 번도 없었다지만……."

"그래서 공병대가 뭘 하겠다는 거야?"

"멍청한 새끼, 이게 순 형광등이군. 어쨌건 네놈들 포나 잘 유도해. 통신이 포병의 눈깔이라니까."

그리고 남 중위는 손짓으로 무엇이 펑 터지는 듯한 흉내를 냈다. 그제서야 이 중위도 그가 설치하려는 것이 무엇인지 어렴풋이 짐작이 갔다.

이 중위가 진지로 돌아오니, 사병들이 전부 진지 앞 공터에 집결해 있었다. 인사 과장의 안전 교육이었다.

사실 지금까지 많은 사상이 있었고, 또 의무대나 군수과에 의

해 실제와 동일하게 처리되고 있었지만, 그것은 어디까지나 각 통제관의 판정에 의한 것이었다. 예를 들면, 적군의 점령 전에 그 지역을 빠져나가지 못했다든가, 적에게 위치가 노출돼 부대가 집중 포화를 받았다든가, 게릴라의 침투를 몰랐다거나 등. 그런데 작전 3일째로 접어들면서 갖가지 안전사고가 발생해 상당한 실병력(實兵力) 소모를 가져왔다. 교육은 그래서 실시되는 모양이었다.

인사 과장이 안전사고의 사례로 든 것 중 가장 처참한 것은 설상 파카를 입고 술에 취해 논두렁 밑에 쓰러져 자던 보병이 탱크에 깔려 버린 사건이었다. 설상 파카의 위장 효과 때문에 탱크 병이 주위에 쌓인 눈과 그 사병을 구별하지 못한 것이었다. 다음은 기름에 젖은 옷을 입고 불을 쬐다가 불이 붙어 중화상을 입은 수송병과 메틸알코올을 에틸로 잘못 알고 포도당에 타 마신 의무병, 그리고 동사가 둘, 차량 사고가 여럿 있었다. 통신병에 관계된 것으로는 GRC-19를 조작하다 감전 사고가 난 것과 엉뚱한 가스 중독이 있었다. 가설 중이던 유선병 다섯이 산중에서 아직 따뜻한 숯막을 발견하고 그 속에 들어가 잤다가 일어난 사고였다. 미련하게도 그들은 숯막의 모든 출입구를 판초 우의로 봉하고 잠들었는데 결국 무사히 깨어난 것은 그중에서 둘뿐이었다.

이 중위가 알기로 아직 대대 내에서는 별 사고가 없었다. 그런데 인사 과장은 그 교육 끝에 끔찍한 차량 사고 하나를 전했다. 그날 오후 대대 부식 수령 차가 전복돼 뒤에 탔던 취사병이 즉사하고 선임 탑승했던 수송부 문 중사와 운전병이 각각 중경상을 입은 사고인데 그것을 전하는 헌병대의 통신문은 세 사람이 모두 취한 상태에서였다는 것이었다.

인사 과장의 카랑카랑한 목소리를 들으며 이 중위에게 문득 작전 첫날 상황실 박스 카 안에서 꿈 얘기를 하던 문 중사의 얼굴이 떠올랐다. 운명의 지침을 바꾸어 놓고 한 번 사라진 후 다시는 찾을 길 없던 그 여인이 꿈속에서 그를 찾아온 것은 닥쳐올 이 끔찍한 사고의 불길한 전조나 아니었던지.

"전쟁은 언제나 마지막이 치열했었지."

그 밤 세 번째 진지 이동을 하면서 이 중위는 혼자 중얼거렸다. 얼어붙은 겨울 밤하늘에 조명탄이 눈부시게 피었다 졌다 하고 있었다. 우군은 점차 적의 주력을 압박하여 마지막 섬멸의 단계로 돌입하고 있었다. 지금 이 중위의 야포대도 내일의 그 통쾌한 섬멸전*을 치르기 위해 마지막 숙영지로 이동 중이었다.

이 중위는 힐끗 전면을 살폈다. 방금 타오르는 조명탄 아래, 저만치 앞서 달리고 있는 브라보(B)의 탄약차(彈藥車)가 뚜렷이 보였다. 그걸 보며 그는 안심한 듯 담배를 꺼내 불을 붙였다. 통상으로 이동 간 본부 차량의 인솔은 작전 과장의 지프차가 맡아 왔는데, 그 밤은 어떻게 됐는지 영문도 모르게 이 중위가 탄 AM 박스

*섬멸전 : 적을 남김없이 무찔러 없애는 싸움.

카가 앞장서고 있었다. 처음에는 지도 한 장 없이 인솔하게 된 게 약간 꺼림칙했지만 조명탄이 계속 터지고 있었으므로 이 중위는 곧 안심을 했다. 100미터 남짓 앞서 가는 브라보의 탄약차만 따라가면 되기 때문이었다.

그런데 그게 탈이었다. 원래 조명탄은 이 중위를 위해 떠오른 것이 아니라 산 너머 작전 중인 보병을 위한 것이었고 그래서 대대가 30분쯤 이동하자 더 이상은 뜨지 않았다. 그리고 갑자기 덮친 칠흑 같은 어둠 속에서 이 중위는 그만 브라보의 탄약차를 놓쳐 버리고 말았다.

당황한 이 중위는 운전병을 재촉해 행군 속도를 높였다. 그러나 5분이 지나도 10분이 돼도 앞 차량은 보이지 않았다. 이 중위가 탄 차는 더욱 속도를 냈다. 여전히 옆 차는 보이지 않고, 대신 영문을 모르는 후미 차량들로부터 항의하는 무전만 어지럽게 날아들었다.

보병의 행군에서도 그렇지만 차량 행군에서 특히 두드러지는 이상한 현상이 있다. 앞차가 시속 50마일로 달리는 10여 대 뒤의 차량은 6, 70마일을 내야 한다. 그러나 당황한 이 중위는 더욱 속도를 냈고 투덜거리면서도 본부는 미친 듯이 뒤따라왔다. 그렇게 얼마를 달렸을까. 갑자기 전면에 약간 긴 다리가 나타나고 멀리 도회의 불빛이 보였다. 연천(連川)이었다. 아차, 싶어 차를 세우고 곧 달려온 작전 과장과 좌표를 확인해 보니 부대는 목표에서

무려 30마일이나 떨어진 곳을 헤매고 있었다. 뒤따라온 대대장이 빈 권총을 휘두르며 욕설을 퍼부었다.

"이 망할 자식, 쏘아 버릴라. 뭘 믿고 달리긴 달려, 이 새끼야."

대대장의 군화가 이 중위의 정강이에 사정없이 날아왔다. 다행히 중요 작전이 끝나고 목표지가 단순한 숙영지여서 그 이상의 책임 문제는 발생하지 않았지만, 이 중위가 거기서 치른 곤욕은 이만저만한 게 아니었다.

"ROTC가 군인이면 전봇대에 꽃이 핀다더라, 이 망할 자식."

결국 대대장이 1호 차에 작전 과장을 태우고 직접 선도해서 대대가 숙영지에 도착한 것은 예정보다 한 시간 가까이 늦은 새벽 2시경이었다. 그들은 서둘러 포 방렬을 마치고 숙영 준비에 들어갔다. 그러나 겨우 취침을 시작한 그들이 선잠도 들기 전에 또다시 게릴라가 출현했다. 어제와 같이 자취도 없고 피해도 없었지만 사병들에게는 괴롭기 짝이 없는 게릴라였다. 별수 없이 본부는 병력을 3개 조로 편성하여 번갈아 경계에 임하게 했다. 그리고 경계조를 제외한 나머지 병력에게는 취침 명령이 하달됐지만 왠지 사병들은 잠잘 기색을 보이지 않았다. 대부분 낮에 요령껏 자둔 데다 지난밤에 시달린 경험이 있는 그들은 아예 취침을 포기한 모양이었다. 대신, 인사 과장이 엄격히 금했음에도 불구하고 여기저기서 은밀한 술판이 벌어지고 있었다.

이 중위 역시 그 밤은 잠자지 못했다. 침구가 준비되는 대로 잠자리에 들었으나 대대장에게 걸어차인 정강이뼈가 욱신거리는 데다가 바쁜 낮 동안에 잊고 지냈던 몇 가지 사건이 한꺼번에 떠올라 잠을 날려 버린 것이었다. 그 첫 번째는 천 일병의 일이었다. 천 일병의 탈영이 명백한 이상 그 문책에 대한 준비가 필요한데 그는 천 일병의 신상을 거의 모르고 있었다. 물론 원진지의 행정반 서랍에는 과원들의 신상명세서가 들어 있으나, 그가 돌아가 그걸 읽고 확인할 만큼의 시간적 여유가 있을는지는 의문이었다. 그 다음은 교환대의 김 일병 문제였다. 사람들은 어젯밤의 일을 폭소로 넘겼으나 이 중위에게는 그게 현저한 악화로 여겨져 걱정스러웠다. 그리고 그 새벽 박 상병과 강 병장의 일, 그 후가 어떻게 진전됐는지 궁금했다. 결국 이 중위는 다시 일어나 강 병장의 텐트를 찾아 나섰다. 그를 만나면 그 세 가지를 한꺼번에 알아볼 수가 있었기 때문이었다.

예상대로 강 병장의 텐트에서도 술판이 벌어지고 있었다. 역시 고체 연료 위의 반합에서는 무엇이 기분 좋게 끓고 있었고 소주도 몇 병 보였다. 그러나 이상하게도 강 병장은 없고 대신 유선 반장 양 하사와 병기과의 '예' 병장이 박 상병과 함께 있었다.

"여기는 항상 따습구나. 끓는 게 뭐야?"

"개구립니다."

'예' 병장이 약간 익살맞은 얼굴로 대답했다.

원래의 성이 최(崔)인 '예' 병장의 '예'는 '예수'를 줄인 것인데, 그가 그런 별명을 얻게 된 것은 재미있는 그의 부활 소동 때문이었다.

작년 가을 위장 풀을 베러 간 그는 산에서 까치독사 한 마리를 잡았다. 그런데, 부대로 가져오는 도중에 그 뱀의 목을 맨 끈이 느슨해진 걸 보고 한 손으로 위장 풀을 든 채 이빨로 그 끈을 죄려다가 그만 입술을 물리고 말았다. 입술이 물려 지혈을 할 길이 없는 그가 의무대로 업혀 갔을 때는 이미 독이 온몸에 퍼져 목 부근의 임파선은 사람 머리보다 더 굵게 부어 있었다. 대대는 급히 통합병원으로 후송했으나 얼마 후 날아든 것은 사망 통지였다. 흔하지 않은 일이라 대대는 밤새워 사망 처리를 하고 연락을 받은 부모는 통곡을 하고 돌아갔다.

그런데 3개월 만에 그는 멀쩡하게 살아서 돌아왔다.

그런 착오가 어떻게 일어났는지는 알 수 없으나 어쨌든 그것은 부활이었다.

"개구리?"

"주간 제4진지서 잡았습니다."

"겨울에 무슨 개구리가 있나?"

"얼음을 깨고 지렛대로 큰 돌을 들추면 물개구리가 수십 마리씩 모인 곳이 있죠. 여섯 개째 겨우 잡은 겁니다. 재수 좋으면 뱀도 있는데—."

"뱀한테는 질렸을 텐데…… 하여튼 몬도가네*로군."

* 몬도가네 : 혐오성 식품을 먹는 등 비정상적인 식생활을 가리키는 단어.

"아닙니다, 과장님. 잡숴 보십쇼. 맛도 맛이지만 대단한 스태미나 식이죠."

"벌써 스태미나 식을 찾는 걸 보니 너도 다된 놈이다."

"아니죠. 스태미나란 그저—다다익선(多多益善)이니까요."

얘기는 주로 '예' 병장이 하고 있었지만 박 상병도 새벽의 그 기분은 아닌 것 같았다. 눈두덩이며 입술의 부기도 거의 빠져 있었다. 이 중위는 다소 가벼워진 기분으로 박 상병을 향해 물었다.

"강 병장은?"

"지금 경계 나가 있습니다."

"교환 근무를 하면 추운 데 나가서 떨지 않아도 될 텐데……."

"유선병 김 상병이 몸이 좀 불편해 바꿔 준 겁니다."

그렇다면 이상할 것도 없었다.

이 중위는 강 병장을 찾으러 나갈까 망설이다가 거기서 기다리기로 하고 양 하사가 주는 술잔을 받았다.

"교대 시간이 언젠가?"

"이제 한 30분 남았습니다."

강 병장은 왠지 교대 시간이 돼도 돌아오지 않았다. 묵묵히 술잔을 비우며 사병들의 잡담을 듣고 있던 이 중위는 불쑥 박 상병에게 술잔을 내밀었다. 희미한 꼬마전구에 비치는 그의 얼굴이 유난히 늙어 보였다.

"박 상병, 새벽의 일 기분 나빴나?"

이 중위는 부드럽게 물었다. 사실 그 정도의 폭언도 그들에게 한 것은 그 새벽이 처음이었다.

"아뇨, 괜찮습니다."

박 상병은 담담하게 대답했다.

"너 같은 사병, 참으로 부담이다. 나이도 있고, 학식도 있다. 아마 나 이상으로."

"설령 그렇다 해도 장교 교육은 받지 못했습니다. 군대에 대한 이해도…… 부담 갖지 마시고 여느 사병처럼 대해 주십시오."

그 말을 듣자 이 중위는 돌연한 취기와 함께 일종의 자신 같은 걸 느끼며 언제부턴가 그들에게 하고 싶던 말을 천천히 시작했다.

"박 상병이 알다시피, 나는 자연 과학을 전공했어. 따라서 집단이라든가 인간의 심리 같은 것에 대해 밝진 못하지만…… 그리고 또 박 상병이 이런 걸 어떻게 받아들일지 모르지만……."

"말씀 계속하십시오."

"군대가 아주 특수한 사회란 생각 — 박 상병도 그런가?"

"예, 약간은."

"그런데 나는 달라. 이건 오히려 평범하기 짝이 없는 집단이라고 생각해. 그걸 특수하게 만든 것은 어떤 사회의 왜곡된 의식 구조나 관찰자의 편견 같단 말이야."

"……."

"박 상병도 입대 전에는 지금보다 훨씬 자유롭고 행복했다고 생각하나?"

"예, 대체로."

"그런데 나는 도무지 그게 이해 안 돼. 먼저 자유의 문제. 내가 보기에는 본질적으로 달라진 건 아무것도 없어. 입대 전에도 우리는 분명 복종해야 할 권위가 있었고, 때로는 불합리한 줄 알면서도 시인해야 할 규율이 있었어. 외관은 달라도 본질적으로는 지금 우리가 복종하고 시인하는 것과 똑같은 것이었다. 그러고 보면 결국 달라진 것은 우리의 식사와 의복이 좀 거칠어지고 주거 환경이 좀 딱딱해졌을 뿐이야. 하지만 그것이 행복의 유일한 척도는 될 수 없지……."

"……."

"결국 입대와 함께 우리에게는 갑작스러운 의식의 과장이 일어난 거야. 바깥의 것은 무조건 크고 화려하고, 안의 것은 무조건 작고 초라하다는 식의— 그리고 그것은 너희들도 일부 인정하고 있더군. 집에 금송아지 안 매둔 놈 없다는 얘기 말이야."

"……."

"마찬가지로— 우리가 제대를 한다는 것, 그것도 너희들이 믿는 것처럼 전혀 새로운 세계에로의 출발은 아닌 것 같아."

"아마…… 반드시는 아닐 테지요."

"아니야, 전혀. 그것 역시도 우리 식으로 표현하면 여기보다 더 좀 관례가 다른 부대로 전입을 가는 정도에 불과해. 이 시대에는 이미 순수한 개인이란 존재할 수가 없어. 어디를 가든 우리는 집단에 소속하게 되어 있고, 그 집단은 또 나름대로의 위계와 규율을 우리에게 강요할 거야. 예를 들어 우리가 취직을 한다는 것은 대대장이나 사단장이 전무나 사장으로 바뀌는 정도야. 명칭은 감봉이나 징계 따위로 다르지만, 그곳에도 빳다와 기합 같은 게 있지. 그리고 때로 그것은 우리가 이곳에서 체험하는 것보다 몇 배나 더 잔인하고 철저해."

"그렇지만 거기에는 선택의 자유라든가 창의의 개발 같은 게 있지 않습니까?"

"선택의 자유라고? 그렇지만 한 집의 가장으로서 생계가 걸린 직장을 팽개치기가 이곳에서 탈영하는 것보다 더 쉬울 것 같은가? 또 수천수만의 종업원이 있는 회사에서 한 말단 사원의 창의라는 것이 포대 소원 수리보다 대단할 거 같은가?"

"……."

"물론 가난한 집에 태어나 나가면 곧 취직을 해야 하는 내 처지를 중심으로 생각한 것이지만 예외는 없을 거야. 죽거나 신(神)이 되지 않는 한 인간은 아무도 홀로일 수가 없으니까."

"……."

박 상병은 처음부터 별로 이 중위의 화제에 관심이 없는 것 같았다. 대신 좀 전부터 무언가 초조히 기다리는 눈치였다. 그것도 모르고 이 중위는 계속 자기의 논리에 열중해 있었다.

"너희들은 장사를 하면 된다고 생각하겠지. 천만에! 거기는 또 고객이란 왕이 있어. 불특정 다수의 집단이지만 그들의 불매(不買)는 너희가 이곳에서 받은 그 어떤 제재보다 더 강력할지도 몰라. 부유한 부모를 가져서 외부적인 집단에 속할 필요가 없는 경우도 있겠지. 그러나 그때는 바로 그 부모 자체가 규율이고 권위인 거야……."

그 무렵이었다. 갑자기 가까운 곳에서 요란스런 폭음이 났다. 게릴라의 모의 폭탄이 터지는 소리였다. 박 상병의 얼굴이 일순 굳어졌다.

"게릴라 출혀어언—."

"게릴라 출혀어언—."

여기저기서 외치는 소리가 들리고 양 하사와 '예' 병장도 뛰쳐나갔다. 그러나 이상하게도 그 소란스러움은 곧 여럿의 웅성거림으로 변했다. 이 중위가 의아해서 잠시 말을 멈추고 귀를 기울이고 있을 때 먼저 달려갔던 양 하사가 헐떡이며 텐트로 돌아왔다.

"과장님, 가 보셔야겠습니다. 강 병장이 심 소위님을 쳤습니다."

"뭐?"

"심 소위님이 강 병장에게 개머리판으로 맞아 기절했어요. 머리가 터지고 피가 몹시 흐릅니다."

이 중위는 술이 확 깨는 기분이었다. 그는 황급히 일어나 양 하사를 따라갔다. 그곳에는 벌써 군의관이 나와 심 소위의 상처를 살피고 있었다. 심 소위는 그새 깨어났으나 아직 정신이 잘 돌아오지 않는 듯 눈만 멀뚱거리고 있었다.

"왜 그랬어? 강 병장."

이 중위는 자기도 모르게 날카로운 목소리로 그 곁에 멍청히 서 있는 강 병장에게 물었다.

"경계를 서고 있는데 누가 나타나 모의 폭탄을 던지길래 게릴라인 줄 알고 한 대 쳤더니—심 소위님이었습니다."

강 병장은 정말로 겁에 질린 듯 떠듬거렸다.

"한 대야? 이 새끼야, 철모가 날아간 후에도 두 번이나 더 쳤잖아? 아이쿠."

그제서야 정신을 수습한 심 소위가 악을 쓰다가 상처가 쑤시는지 신음을 냈다. 이 중위가 그런 그에게 물었다.

"모의 폭탄은 어디서 났나?"

"저 새끼가 지어낸 말입니다. 게릴라가 도망친 후에 내가 달려갔는데, 아이쿠."

"아닙니다. 분명히 심 소위님이 던지는 걸 보았습니다. 주머니에 더 있을 겁니다."

갑자기 끼어든 강 병장의 목소리는 여전히 질린 것이었지만, 강경하고도 확신에 차 있었다. 이 중위도 왠지 강 병장의 말이 틀림없으리라는 생각이 들었다. 어느새 왔는지 함께 있던 작전 과장장 대위가 심 소위를 보며 날카롭게 명령했다.

"심 소위, 주머니에 든 것 전부 꺼내 봐."

"아무것도 없습니다. 저 새끼가 지어낸 말입니다……."

그러나 어딘가 그는 당황하는 기색이었다.

"그래도 확인해야겠다. 강 병장이 포상 휴가를 가야 할지 군법 회의에 넘겨져야 할지 말이야."

장 대위는 직접 호주머니 검사라도 하려는 것처럼 심 소위에게 한 발 다가갔다. 그때 누군가가 둘러선 사병들을 헤치고 나타난 장 대위에게 나직하게 말했다.

"확인할 것 없다, 작전 과장. 모의탄은 내가 준 거니까. 그리고 저 사병은 분명히 모범 사병이다."

작전 초부터 CP에 상주하는 군단 통제관이었다. 심 소위는 묘한 표정으로 그런 그를 올려다보았다.

"상황 부여를 대신해 준 건 고맙지만—자넨 좀 심했어."

통제관은 심 소위를 비웃는 듯한 눈길로 내려다보며 역시 나지막이 말했다.

이 중위는 무엇으로 머리를 호되게 맞은 기분이었다. 어느새 강 병장은 저만치서 무슨 거인처럼 당당히 서 있었다.

심 소위는 그날 밤 뒤통수를 일곱 바늘이나 꿰매고 이튿날 날이 밝는 대로 원진지로 후송되었다. 포경 수술을 받고 며칠 되지 않아 작전에 참가했다가 수술 자리가 터져 버린 하사 하나도 심 소위와 함께 돌아갔다.

심 소위의 수술을 지켜보고 돌아온 이 중위는 그날 묘한 갈등을 경험했다. 분명 강 병장의 정당함을 확인했고 또 그것을 다행으로 여기면서도 가슴 깊은 곳에서는 알지 못할 분노가 부글거렸다. 아득한 무력감으로 유유히 사라지는 강 병장의 뒷모습을 환영 속에서 바라보다가 다시 초라하게 피를 쏟으며 쓰러지는 심 소위를 떠올리면서 이상한 모욕감으로 몸을 떨었다.

'녀석은 교활한 사냥꾼처럼 덫을 놓고 숨어서 기다렸다. 멋모르고 심 소위가 걸려들자―개 패듯 쳐 넘겼다…….'

그러나 이 중위는 무엇인가를 해야 한다고 생각하면서도 정작 무엇을 해야 할지를 몰라 안절부절못했다. 그렇게 이 중위가 잠들지 못하고 있을 때, 돌연 CP에서 예기치 않은 부름이 있었다.

이 중위가 여전히 결단을 내리지 못한 채 쭈뼛거리며 CP 막사로 들어가자 그때껏 잠들지 않고 있던 대대장이 험악한 얼굴로 쏘아붙였다.

"통신 장교, 도대체 부하 통솔을 어떻게 하는 거야?"

이 중위는 그게 강 병장 얘긴 줄 알았다. 일순 이 중위의 머리는 눈부시게 회전했다. '어쨌든 그는 나의 부하고, 심 소위는 당해 마땅한 짓을 했다. 거기다 일은 일단락됐고, 설령 강 병장의 고의를 증명하려고 해도 그가 부인하는 이상 아무런 증거가 없다…….'

이 중위는 마치 지금껏 준비라도 해온 듯 강 병장을 변호하고 나섰다.

"심 소위가 모의탄을 던지니까 게릴라로 착각한 모양입니다."

그러자 대대장은 벌컥 화를 내며 고함을 쳤다.

"지금 그 얘기를 하는 게 아냐. 그 뭐야──어제 행방불명된 천, 천재룡 일병 말이야."

"네?"

"이 중위는 그 녀석 신상이나 파악하고 있어?"

그제서야 이 중위는 천 일병이 무엇인가 잘못됐다는 걸 깨달았다. 그는 아는 대로 천 일병의 신상을 떠듬거렸다.

"그것뿐이 아니야. 녀석은 ○○리에 붙들렸어."

○○리는 DMZ 가까운 곳이었다.

"네?"

"짐작이 가나? 단순 탈영이 아냐. 월북 기도자로 붙들린 거야."

"그럴 리가…… 그럴 리가 없습니다."

그는 천 일병의 공허한 눈길과 바보스럽게 벌어진 입을 떠올렸다. 홀어머니를 위한 순수한 눈물도.

"하여튼──이상이 보안대의 통보야. 그리고 또 그들은 참고인으로 자넬 소환했어. 내일 작전이 끝나면 데리러 올 거야. 준비해 둬."

대대장은 성가신 듯 말을 잘랐다. 이 중위는 멍한 기분이었다.

"이제 가봐. 멍청하게 섰지 말고. 그리고 내일 작전에는 실수 없어야 돼."

어둠이 서서히 걷히고 있었다. D+3일. 작전 마지막 날이 밝아오고 있는 것이다. 이 중위가 탄 4분의 3톤 차량은 매운 새벽바람을 가르며 잠든 연천평야를 달리고 있었다. 이 중위는 지금 여섯 명의 숙달된 가설병과 무전병 하나를 데리고 출동 중이었다.

이번 작전의 하이라이트는 역시 그날 오전 9시에 개시될 천마고지의 점령이었다. 기습에 실패한 적은 30마일 이상을 퇴각했지만 그 고지를 중심으로 전열을 정비, 인접한 2개의 무명고지와 더불어 여전히 연천평야를 장악한 채 반격의 기회를 노리고 있었다. 우군의 최종 목표는 바로 그 천마고지에 포진한 적의 주력을 분쇄하는 것이었다. 이 중위의 야포대도 사단 예하의 전 포대와 군단의 지원 포대, 그리고 공군기까지 동원되는 대규모의 선제 포격에 참가하게 돼 있었다. 그런데 이 중위에게 문제가 된 것은 그 포격을 위한 OP선 가설이었다. 적의 철수 완료가 오전 8시, 적과 잇대어 들어간다 해도 이 중위는 한 시간 내에 6.3마일의 OP선 둘을 가설해야 하는 것이었다. 물론 몇 개 조로 나누어 구간 가설을 연결하면 가능한 시간이었고, 또 사전 준비도 충분히 돼 있었다. 무거운 야전선은 사전 답사 때 선로 근처의 민가에 맡겨 두었고, 중요한 매설 지점은 미리 땅을 파 두었다. 그러나 절대로 실수가 있어서는 안 된다는 부담이 얼마 전 대대장의 깨우침 이후 무겁게 이 중위의 가슴을 눌러 왔다. 만약 어떤 실수가 있다면 아직도 상당히 남은 군 생활은 틀림없이 괴로운 것이 될 것이었다. 결국 이 중위는 모험을 해 보기로 작정했다. OP선은 적의 주력에서 떨어진 곳인 데다 적은 철수 직전의 혼란에 빠져 있을 것이므로 적이 철수하기 전에 적지에 침투해 시간을 벌자는 생각이었다. 그렇게 서둘러 출동하는 이 중위에게는 이미 간밤의 여러 혼란은 흔적도 없었다.

날이 밝아 오면서 점차 짙은 안개가 끼기 시작했다. 그것이 적의 관측에서 그들을 보호해 줄 것이라고 생각되자 갑자기 이 중위는 자기의 모험에 자신이 생겼다. 그리고 그 자신감은 주위를 둘러볼 여유를 주었다. 황량하기만 했던 겨울 들판이 정답고 아름다운 풍경으로 느껴졌다. 도로변 곳곳에서 눈에 띄는 5분 저지선의 허옇게 서리 친 철조망 뭉치들도 무슨 화려하고 섬세한 화분처럼 보였다. 을씨년스럽게 보이던 블록 막사들도 고향의 초가들처럼 아늑하게 느껴졌다. 그는 문득 그 모든 것들을 애정으로 둘러보았다. 또다시 젊은 몸으로 이 벌판을 달릴 일이 있을 것인가. 그는 6월이 제대였고 별 커다란 변화가 없는 한 장학금을 얻어 쓴 기업체로 가서 복잡한 전자 회로에 갇힌 채 나머지 생애를 보낼 것이다.

때때로 우군의 자주포와 전차의 행렬이 요란한 캐터필러* 소리와 함께 나타났다 사라지곤 했다. 이미 퇴각 때의 불안하고 초조한 쇳덩이는 아니었다. 박격포를 멘 보병대와 무반동총*을 거치

*캐터필러 : 무한궤도.
*무반동총 : 제2차 세계 대전 때 미국에서 개발한 공격용 포.

한 지프차들과 만나기도 했다. 그들은 한결같이 서로 상반된 방향으로 아무 관련 없다는 듯이 가고 있었지만 그들에게 부착된 푸른 표지로 보아 몇 시간 내 그들의 화력은 불과 반이 2마일 내에서 만나게 될 것이다. 거기서 이 중위는 다시 현대전의 정묘한 메커니즘을 실감했다.

갑자기 차량이 산길을 접어들면서 좁은 계곡 양면에 굵은 콘크리트 기둥들이 쌓여 있는 것이 보였다. 폭파 스위치를 누르면 굴러 내려 이 도로를 차단할 장애물이었다. 그걸 보며 양 하사가 불쑥 말했다.

"이번에 전방에 와서 보니 남침 위험이라는 게 어째 실감이 나지 않습니다. 포병의 화력과 저지선 통과만으로도 적의 전력은 절반 이상이 소모될 테니까요."

"마지노선*이 강했어도 프랑스를 보호하지는 못했어."

"하지만 우리에겐 우회할 수 있는 중립국이 없지 않습니까. 그렇다고 전 병력을 공중 침투시킬 수도 없고, 또 대규모 상륙 작전을 전개할 충분한 선단이 놈들에게 있는 것도 아니니까……."

"네가 가 봤어? 그리고 땅굴은?"

그러자 양 하사는 피식 웃었다.

"노일 전쟁이나 '디엔 비엔 푸*'에서처럼 한 가지 또는 한 요새

---

* 마지노선 : 제1차 세계 대전 후에, 프랑스가 대(對)독일 방어선으로 국경에 구축한 요새성. '최후 방어선'의 뜻으로 쓴다.

의 공격이라면 모르겠습니다. 그런데 전면전에서의 땅굴은……
아무래도 미련스러운 데가 있어요."

"전면전이라는 것은 바로 그 한 가지 혹은 한 요새의 싸움이 모인 거야. 많이 웃어 봐라. 그런 네놈 집 마당에 땅굴 입구가 나타날 테니."

그러다가 이 중위는 의외의 사태에 놀라 말을 중단했다. 전방 20미터 지점의 길섶에 서 있던 4톤 트럭 뒤에서 갑자기 일단의 북괴군 병사들이 쏟아져 나와 차를 정지시켰기 때문이었다. 모두 AK 소총으로 무장한 2개 분대 정도의 병력이었다. 그럴 리가 없다고 생각하면서도 이 중위는 가슴이 섬뜩했다. 사실 휴전선은 거기서 직선거리로 20킬로미터도 안 되었다. 인솔자인 듯한 상위* 계급의 사내 하나가 거센 이북 사투리로 물었다.

"동무들 어딜 가오? 보아하니 청군 동무들인데."

"아, 저, 가설 나가는 길입니다."

이 중위는 얼떨떨해 대답했다.

"기래요? 그럼 통신 장교 동무로구만."

만약 거기 있는 차량이 아군 차량이 아니고 그들 중에 끼들끼들 웃는 녀석이 없었더라면 이 중위는 정말로 그들을 북괴군 병사로

*디엔 비엔 푸: 베트남 북부에 있는 도시로 인도차이나 전쟁 말기 격전지를 이루었던 곳으로 유명함.
*상위(上尉): 대위와 중위 사이의 군사 칭호. 또는 그 칭호를 받은 군관.

착각했을 것이다.

"동무들은 운이 좋소. 한 시간 전이라면 동무들은 전사나 포로가 됐을 끼니……."

그리고 그도 킥 웃었다. 뒤이은 그의 말씨는 단정한 서울말이었다.

"수고합니다. 나는 ○○사단에서 홍군* 지원 나온 황 대위요."

이 중위도 마지못해 웃었다.

"놀랬습니다. 그런데 무슨 일입니까?"

"고무테이프 좀 하고 퓨즈 하나 빌립시다. 저게 말썽이오."

그는 세워 둔 트럭을 가리켰다. 마침 여분이 있음을 확인한 이 중위는 운전병에게 그걸 내오게 했다.

"대신 하나 묻겠습니다. 지금 이 부근의 홍군 상황이 어떻습니까?"

"주력은 벌써 철수를 개시했고. 하지만 군데군데 잔류 병력이 있을 거요. 왜 무슨 일인데?"

이 중위는 간단히 자기 처지를 설명했다. 그러자 그는 친절하게도 지도까지 꺼내 적의 주요 잔류 지점을 알려 주었다.

"내가 보기에는 국도로 가지 말고, 이쪽 B16 작전 도로로 빠지는 게 나을 거요. 그러면 이 고지 8부 능선까지 오를 수 있소. 그곳은 어제 홍군의 화기 중대가 숙영했던 곳이라 지금쯤은 아무도 없

*홍군 : 적군을 가리키는 말.

을 거요. 거기서 차량을 버리고 곧장 그 봉우리를 넘으시오. 마침 장비가 적으니 별로 힘들지는 않을 거요. 그래서 도로 하나만 무사히 횡단하면 바로 그 맞은 봉우리가 당신들의 OP요."

참으로 의외의 수확이었다.

적의 진지에 접근할수록 그들은 더 많은 적의 흔적을 보았다. 포병 진지터, 보병 숙영지, 땅이 얼어 형식적이 되고 만 참호 등이 인근 논밭이나 산 계곡에 어지럽게 널려 있었다. 어떤 곳에서는 꺼진 모닥불에서 아직 연기가 오르는 곳도 있었다. 그들은 그 대위가 가르쳐 준 대로 전진했다. 때로 멀리 포신(砲身)을 뒤로 뺀 채 퇴각하는 홍군 전차를 보기도 하고 쌍안경 속에 홍군의 보병 행렬이 불쑥 나타나기도 했으나 대체로 상황은 그가 알려 준 것과 일치했다.

그러나 마지막 도로 횡단에서 결국 이 중위는 낭패를 당하고 말았다. 정보가 정확한 것만 믿고 관측도 경계도 없이 시야가 트인 도로를 횡단한 탓이었다. 그들이 목표 봉우리의 계곡에 들어섰을 때 갑자기 그 봉우리 좌측 능선에서 일단의 적(홍군) 보병들이 나타나 공포탄을 쏘며 정지를 외쳐 댔다. 포로가 되면 가설은 끝장이었다. 뿐만 아니라 사병인 경우에는 사흘간의 영창, 장교의 경우에는 징계였다. 개인 화기만 든 보병들과 그 밖에 여러 장비를 가진 통신병들과의 산악 경주라면 결과가 뻔한 것이지만 그들은 무턱대고 우측 능선을 향해 뛰었다. 그러나 그 총 중에도 문득 이 중위에게 떠오르는 회오* 섞인 상념이 있었다.

"장교의 공명심이 사병을 죽이기도 하는구나."

그때였다. 갑자기 앞서 달리던 가설병 하나가 손가락으로 전방을 가리키며 멍청히 걸음을 멈추었다.

"과장님, 저기, 저기……."

이 중위는 맥이 탁 풀렸다. 그가 가리키는 그 능선에서도 산개한 병력이 까맣게 몰려 내려오고 있었다. 그는 모든 것을 포기하고 무전병을 불러 비문(秘文) 파기를 지시하고 본대를 부르도록 했다. 이쪽의 상황을 알려 새로운 가설조를 부르기 위해서였다. 자신도 장교 수첩에다 파기 표시를 했다. 사병들은 암담한 얼굴로 그런 그를 지켜보았다. 그런데, 갑자기 뒤를 돌아본 양 하사가 들뜬 목소리로 고함을 쳤다.

"과장님, 홍군이 달아납니다. 이쪽은 우리 편입니다."

이 중위도 동작을 멈추고 안개 속에서 다가오는 병사들을 자세히 살폈다. 아, 그들의 가슴께에 부착된 것은 분명 가로세로 2인치인 청색 헝겊이었다. 시계를 보았다. 정확히 아군의 진격 예정 시간이었다. 일찍 차를 버려 도중에서 많은 시간을 허비한 것이 오히려 그들을 구한 것이었다. 이 중위는 돌연 콧등이 시큰해졌다. 가설병들 중에는 정말로 눈물을 글썽이는 녀석도 있었다. 전우애, 영화 같은 데서나 있을 것 같던 그 전우애란 것이 강한 실체로 그

*회오: 잘못을 뉘우치고 깨달음.

들에게 체험된 것이었다. 악수를 청하고 함성을 지르며 법석을 떠는 그들 때문에 오히려 멍청해진 것은 새까맣게 그은 보병 소대장과 밤새도록 행군해 와 지친 그의 소대원들이었다.

오전 9시. 무사히 가설을 끝낸 이 중위는 양 하사와 그대로 OP에 눌러앉아 쌍안경으로 우군의 천마고지 탈취 작전을 보고 있었다. 어림잡아 우군 진지의 상공으로 보이는 곳에서 몇 줄기의 신호탄이 오르더니 쉬잇쉬잇 하는 제트기 소음 같은 것이 머리 위에서 들렸다. 이어 고지 가운데서 풀썩 연기가 솟았다.

"8인치 포군요."

관측 장교가 말했다. 그제서야 은은한 폭음이 들렸다. 이어 갖가지 방향에서 폭탄이 쏟아지고 순식간에 산봉우리 여기저기서 화염과 연기가 치솟았다. 그리고 그것은 그대로 한 덩어리로 어울려 곧 포격의 명중 여부를 따질 수가 없게 돼 버렸다. 그는 문득 공병대의 남 중위를 생각했다.

"새끼, 헛수고깨나 했군."

포탄은 계속해서 쏟아졌다. 이어 30분경 지원 나온 공군 편대가 가세하자 천마고지는 그대로 거대한 화염의 고지로 변했다. 정말로 적이 포진해 있다면 개미 새끼 한 마리 남아날 것 같지 않았다.

그런데 갑자기 그들 전방 50미터 지점에서 폭음과 함께 흙먼지가 솟았다. 이어 다시 후방에서도 포탄이 작렬하는 소리가 났다.

"엎드려, 박격포다. 빨리 방공호 속으로."

관측 장교가 호 입구로 굴러 떨어지며 외쳤다. 이 중위도 얼결에 곁에 섰던 양 하사를 끌어당기며 호 속으로 뛰어들었다. 그들이 모두 OP 방공호 속으로 대피하자 그들 머리 위로 우박 떨어지듯 박격 포탄이 작렬할 때마다 콘크리트 벽이 울리고 시멘트 가루가 떨어졌다. 관측 장교가 무전병에게 고함을 질렀다.

"박격포 쏘는 놈들 확인해 봐! 도대체 어떤 미친 놈들이야?"

그러나 포격은 한 5분 만에 멈췄다. 다행히 그들은 모두 방공호 입구에 있었기 때문에 피해는 없었다. 나중에 안 일이지만 우군 박격포 중대 하나가 OP를 천마고지 좌측 적 점령하의 무명고지로 오인한 것이었다. 그들이 그걸 알고 무전으로 그들에게 욕설을 퍼붓고 있을 때 갑자기 OP의 전화벨이 울렸다. 이 중위가 수화기를 들자, 느닷없는 욕설과 고함이 튀어나왔다.

"이 ×할 놈들, 포를 어떻게 유도하는 거야. 우리 탄약고 날아가게 생겼어."

이 작전에 참가하지 않은 이웃 사단 전차 중대장이었다. 천마고지 뒷산에서 그들의 탄약고 앞 1킬로미터 지점까지 포탄 2개가 날아들었다는 것이다. 목표에서 3킬로미터 이상을 벗어난 셈이었다.

"우리 105밀리는 아닐 겁니다. 장약 7호로도 그만큼은 못 갑니다. 아마 175밀리 자주포 애들일 거예요. 걔들은 여기서 개성까지도 쏴 붙일 수 있으니까."

전화를 바꾼 관측 장교는 별로 성난 기색도 없이 이죽거렸다.

한 시간가량 포격이 계속된 후에 갑자기 은은한 함성과 함께 보병의 공격이 시작됐다. 아직도 포연*과 흙먼지에 싸인 천마고지를 어디서 나타났는지 모를 보병들이 개미 떼처럼 기어오르고 있는 것이 쌍안경 속에 보였다. 다시 30분쯤 후에 이제는 다소 흙먼지가 가라앉은 그 고지의 정상에는 태극기가 꽂히고 은은한 만세소리가 울려 퍼졌다.

이 중위가 본대로 돌아온 것은 11시 반경이었다. 포 사격 성과가 좋았던지 대대장의 기분은 몹시 좋아 보였다. 그는 너털웃음을 치며 이 중위를 맞았다.

"OP선 수고했어. 나는 걱정했지."

이 중위는 하마터면 포로가 될 뻔했던 일을 생각하며 속으로 쓰게 웃었다. 그러나 분명 기분 나쁜 일은 아니었다.

점심 식사 후부터 원진지로 귀환하는 오후 5시까지는 부대 정비 시간으로 돼 있었지만 사실상 휴식이었다. 나흘에 걸친 청룡 25호 작전은 끝난 것과 다름없었다. 이 중위도 며칠간 쌓인 피로를 풀기 위해 식사가 끝나자마자 침구를 깔아 둔 AM 박스 카에 누웠다. 그러나 오래는 못 잘 잠이었다. 한참 단잠에 빠져 있는데, 누가 이 중위를 흔들었다. CP 당번병이었다.

*포연: 총이나 포를 쏠 때에 나는 연기.

이 중위가 간신히 잠을 깨어 밖으로 나가 보니 지프차 한 대와 사복을 한 보안 대원 하나가 기다리고 있었다.

"주무시는데 안됐습니다. 보안대 박 중삽니다. 천재룡 일병 일로 왔습니다."

"아, 네."

이 중위는 아직 횡한 머리로 그를 쳐다보았다.

"타시죠. 함께 가서 이야기합시다."

이 중위가 차를 타니 선임 하사 임 상사가 먼저 타고 있었다.

"임 상사두 가요?"

"아닙니다. 수송부 문 중사가 위독하다고 해서―박 중사에게 부탁을 했죠. 마침 가는 길목에 지구 병원이 있길래……."

"그렇지만, 선임 하사도 없으면 귀환 때 애들 통제를 누가 하죠?"

"양 하사와 강 병장에게 잘 일러두었습니다. 돌아가는 것뿐이니까 괜찮을 겁니다."

"그래도…… 문 중사는 어느 정도요?"

"어제저녁 수송 장교가 가 봤는데 아직 깨어나지 못했답니다."

"그럼 할 수 없군."

이 중위가 인도된 곳은 전에 미군 주둔지였던 듯한 기지 한구석의 콘센트 막사였다. 서른 안팎의 대위 하나가 이 중위를 기다리고 있었다. 약간 날카로워 보이는 얼굴이었다.

"한 가지 물어봅시다. 평소 천재룡에게 이상한 점이 없었소?"

간단한 자기소개 후 그는 단도직입적으로 물었다.

"네, 전혀. 그저 좀 지능이 모자란다고 생각했을 뿐입니다."

"지능이 모자란다고? 그럼 이걸 보시오."

그는 5만 분의 1 지도 한 장을 꺼내더니 앞에 놓인 서류에 따라 일정한 곳에 붉은 사인펜으로 점을 찍었다. 그리고 그 점들을 연결했다.

"이게 천재룡이 탈영 후 잡힐 때까지 지나온 길이오. 그리고—."

그다음에 그는 서랍에서 처음부터 붉은 선이 그어져 있는 지도 한 장을 꺼냈다.

"이건 이미 우리에게 포착되어 지난 6월 이후로는 거의 쓰이지 않고 있지만, 간첩들의 남파 및 월북 루트요."

이 중위는 가슴이 섬뜩했다. 2개의 지도 위에 있는 붉은 선은 거의 정확히 일치하고 있었다. 그러나 이내 우직하고 단순한 천 일병을 떠올리고는 조심스럽게 반문했다.

"혹 우연의 일치가 아닐까요. 간첩들의 남파 루트라면 그만큼 초소가 드물거나 은신이 용이한 지역이란 뜻이 아닙니까?"

"그러니 천(千)이 무턱대고 몸을 숨기고 초소를 피하다 보니 우연히 그 루트와 일치하게 됐다, 그 말이오? 그러나 그렇게 보기에는 너무도 정확히 이 2개의 선이 일치하는 데다가 또 천은 너무 많이 휴전선에 접근해 있었소."

"하지만 제가 알기로 그는 방향을 식별할 만한 지능이 없습니다. 그저 막연히 부대에서 멀리 떨어지고 싶다는 생각으로 가다보니……."

"물론 그렇게 단순 탈영이라면 모두가 좋겠지요. 당신도 이런데 불려 올 필요가 없고, 나도 밤잠 설쳐 가며 귀찮은 일을 안 해도될 테니. 그런데 그의 신원 조회를 해본 결과 우리의 추측이 정당하다고 믿을 만한 사실이 나왔소."

"무엇입니까?"

이 중위는 문득 불길한 예감으로 물었다.

"그의 본적은 남원(南原), 그 아버지 천득수는 지리산으로 숨어든 인민군 패잔병을 도와주다 부역 죄로 토벌군에게 총살당했소. 천재룡은 그 유복자요. 그리고 삼촌 천태수는 월북, 이쯤 되면 모든 건 명백하오."

자기의 강한 확신에도 불구하고 여기서 이 중위는 천 일병의 변호를 단념했다.

"사상이란 것이 지식인의 전유물은 아니오. 나는 여기서 2년째 근무하고 있지만 이론적으로 경도된 사병이 말썽을 일으키는 것은 보지 못했소. 그들에게는 행동력이 없으니까. 오히려 문제가 되는 것은 이론이 없는 그러나 저돌적인 행동력을 가진 맹신이오. 그게 바로 천 일병의 경우요. 조사에 따르면 천 일병의 생활은 아주 넉넉한 편이었소. 그런데도 교육을 받지 않은 것은 그 어머니 때문이었소. 교육 대신 그녀는 자기 또한 무식한 농군이었던 남편에게 물려받았음에 분명한 그 맹신을 자식에게 주입한 거요."

결국 이 중위는 전방 근무자의 신상 파악이 그토록 불철저했던 경위를 중심으로 양면 괘지 십여 장에 달하는 참고인 진술을 하고 오후 늦게서야 그곳을 나왔다.

"아, 참! 강대욱이라고 거기서 근무하죠? 안부 전하더라고 말해 주쇼. 하 대위라면 알 거요."

방문을 나설 때 그 보안 장교가 의미심장한 미소를 지으며 말했다.

어두워서 원진지에 돌아와 보니 내무반이고 기재 창고고 떠날 때만큼이나 엉망이었다. 양 하사의 지휘 아래 완전 군장을 풀어 관물 정돈을 하고 있는 몇몇을 제외하고는 모두 외등이 가설된 기재 창고 부근에서 장비 수입과 야전선 재생을 하느라 부산하였다. 선임 하사는 아직 돌아오지 않은 모양이었다. 강 병장이 주로 그들을 통솔하고 있었다. 그런 강 병장의 노련하고 여유 있는 모습을 보며 이 중위는 새벽에 그에게 품었던 묘한 적개심이 서서히 걷혀 가고 있음을 느꼈다.

"과장님, 대충 정리된 후 회식 어떻습니까?"

잠시 쉬려고 교환대로 향하는 이 중위에게 강 병장이 뒤따라와 말했다.

"웬 술이야?"

"막걸리는 지난 일요일에 수송부와 축구해서 딴 거고. 소주는 휴가 귀대한 함 상병 겁니다. 마침 돼지고기가 나왔길래 비계지만 그것도 서너 근 취사반에서 얻어 놨습니다."

그러자 처음에 내키지 않던 이 중위도 점차 생각이 바뀌었다.

어쨌든 이 훈련은 성공적이었다. 사단장의 진급이 확실하다는 풍문이 들릴 만큼. 천 일병의 일이 무겁게 마음을 짓누르고 있었으나 그건 이 훈련과는 상관없는 일이었다. 더구나 이번 사병들의 고생은 혹심한 것이었다. 디데이의 눈에 이어 강추위가 이틀간 계속됐는데도 대부분 불 한 번 피우지 못하고 언 밥과 식은 국으로 속을 채웠다. 전례로 이런 날 저녁의 회식은 당연한 것이었다.

"좋아. 하지만 술은 하나로 통일해라. 되도록 막걸리로. 그리고 이거 보태 안주 좀 낫게 장만해라."

이 중위는 주머니를 털어 3천 원을 내주었다.

"돈은 저희들에게도 좀 있습니다."

"사병이 무슨 돈이야?"

"양키들 야전선을 좀 걸었죠. 녀석들이 ATT*를 하길래…… 우리라고 끊길 수만 있습니까? 그런데 애들이 좀 많이 걸어서 우리

*ATT(Army Training Test) : 지휘관이 얼마나 부대 통솔을 잘했는지를 측정하는 일종의 시험인 전술 훈련.

걸 채우고도 남길래…….”

“어디서야?”

갑자기 이 중위의 신경이 곤두섰다. 일종의 자기 방어 본능이었다. 그러나 강 병장은 산악처럼 끄떡도 하지 않았다.

“저희들도 그게 어딘지 모릅니다. 과장님도 안 들은 걸로 하시죠. 사실은 얘기 안 하려고 했는데…….”

“그렇지만—.”

더 따지려던 이 중위는 문득 밀려드는 피로감으로 그만 강 병장에게 양보하고 말았다.

“좋다. 나는 그 얘기를 못 들었다. 그러나 오늘 회식에는 그 돈 써선 안 돼. 이 돈을 쓰고 부족하면 PX에 내 앞으로 달아. 그렇지 않으면 이 회식은 허락할 수 없다.”

그러자 강 병장도 할 수 없다는 듯 그 돈을 받고 물러났다.

회식은 장비 정리가 대강 끝난 밤 10시경부터 기재 창고에서 벌어졌다. 푸짐한 안주로 술이 한 순배 돌았을 때, 취침 나팔소리가 들려왔다. 이 중위에게만은 아닌 듯 다른 과원들도 잡담을 그치고 그 소리에 귀를 기울였다.

“김 일병 솜씹니다. 어떻습니까?”

곡이 끝나자 강 병장이 빙긋 웃으며 말했다.

“대대에선 시켜도 안 불더니, 웬일일까?”

“아마 휴가 때문에 마음이 설레는 모양이지요?”

김 일병은 내일이 휴가 출발이었다. 이 회식에도 그는 휴가 준비를 이유로 참가하지 않았다. 저녁 때 이 중위도 그가 싱글거리며 정비실에서 일계장 옷을 다려 들고 나오는 것을 보았다.

"자, 과장님. 한잔 드시지요."

잠시 멈칫했던 분위기를 되살리기나 하려는 듯이 강 병장이 큰소리로 말하며 잔을 쳐들었다.

"건배! 찢어진 영자의 팬티를 위하여."

다른 부원들이 와 하며 술잔을 쳐들었고, 다시 흥겨운 회식이 계속되었다.

"상병 '요오료오' 노래 일발 송신."

'군따이와 요오료오다(군대는 요령이다)'라는 말을 자주해 '요오료오' 상병이라 불리는 무전병이었다.

"송신―."

과원들이 일제히 복창했다. 병과마다 노래를 시작할 때 쓰는 말이 다르다. 수송부는 '노래 일발 시동', 병기과는 '노래 일발 장전', 군수과는 '노래 일발 기장(記帳)' 등으로 뒤이어 노래가 흘러나왔다.

"인천에 성냥 공장 성냥 만드는 아아가씨―."

노래는 곧 합창이 되고 만다.

"선임 하사가 빠져서 안됐군."

선임 하사는 아직도 돌아오지 않았다.

"아마 문 중사님 곁에서 밤을 샐 모양이지요. 두 분은 하사관 학교 동기니까요."

그날따라 유난히 술을 마시던 강 병장이 약간 취한 소리로 말했다. 보통 회식에서 그는 자리 잡고 있는 법이 드물었다. 술잔을 고르게 분배하고 주벽이 사나운 과원들을 억제하는 등 보이지 않는 통제를 담당했기 때문이었다. 그리고 사실은 그것이 그가 요청하는 회식을 이 중위가 한번도 거절한 적이 없는 이유였다. 그런데 그 밤은 달랐다. 요량 없이 퍼마신 과원들이 기재 창고 벽에도 웩웩거리며 토해도 저희들끼리 감정이 격해 투다닥거려도 강 병장은 전혀 개의치 않고 술만 마셔 댔다. 결국 회식은 엉망이 된 채 12시경 상황 장교의 통제 아래 끝이 났다.

"과장님, 딱 한 잔만 더 하십시다."

과원들을 전부 내무반으로 돌려보낸 이 중위가 교환대로 가자 거기서 기다리고 있던 강 병장이 말했다. 그는 어떻게 구했는지 두 홉들이 PX용 맥주를 열 병 정도 구해 놓고 있었다.

"강 병장이 과할 텐데……."

"괜찮습니다. 이 강대욱이 취해 실수하는 것 보셨습니까?"

"강 병장, 오늘 이상해."

"이상할 것 없습니다, 과장님. 자, 앉으시죠."

강 병장은 이상하게 풀린 웃음을 웃으며 이 중위를 끌어 앉혔다.

"건배를 합시다, 과장님. 빛나는 대한민국 육군 장교를 위해."

통조림 깡통 가득 부은 맥주를 들어 올리며 강 병장은 또 허허 거렸다. 몹시 공허한 웃음이었다.

"정말, 강 병장답지 않은 건배로군. 장교를 위해서라니…….'"

"건배할 가치가 있으니까. 그리고 저는 비록 실패했지만, 아들을 낳으면 반드시 장교로 보낼 겁니다."

"강 병장이 육사를 중퇴했다는 건 사실이었군."

"정확히는 퇴교죠. 그래요, 저는 분명 거기 다닌 적이 있습니다. 가난한 지방 수재가 흔히 그렇듯이…… 안부를 전한다던 하 대위, 그 친구가 제 입교 동깁니다."

"그런데 왜?"

"쓸모없는 관념의 병이죠. 2학년 때까지도 모범 생도였는데, 3학년 초에 그만─빗나가 버렸습니다. 갑자기 장교가 된다는 게, 특히 남의 생명을 책임진다는 게 두려워진 겁니다. 뿐만 아니라, 그때껏 내가 가치를 두고 있는 것은 군인의 길 그 자체가 아니라 사이비의 것─예를 들면 화려한 제복이라든가 장군의 위용 같은 것이라는 걸 깨달은 겁니다. 걸레 같은 깨달음이었죠. 하여튼─그해 여름에 고향에 간 나는 술을 퍼마시고 서장을 두들겨 패─학교에서 쫓겨났습니다."

"그랬었군. 그런데 갑자기?"

"제 몸에 드럭드럭 밴 이놈의 사병 근성이 싫기 때문입니다."

"사병 근성?"

"네, 무책임하고 피동적이고 잘 굴종하고 거기다가 뇌동*하는 버릇, 감격하는 버릇, 그리고 정대하지* 못하고 잔꾀에 밝은 것."

"예를 들면 심 소위를 친 것 말인가?"

"짐작하고 계실 줄 알았습니다. 사실 나는 그저께 밤에 이미 심 소위라는 걸 알아 놓고 어제저녁 숨어서 기다렸지요."

"통쾌했겠지."

"그런데 그게 그렇지 못했습니다. 어젯밤은 통쾌한 기분으로 잤지요. 그러나 날이 밝아 오면서부터 그 통쾌감은 점점 불쾌함으로 변해 갔습니다. 내 행위가 드러날지도 모른다는 불안에서는 절대로 아닙니다. 그것이 내가 할 수 있는 유일한 방도였다는 게 처량하고 서글펐죠. 나의 왜소함, 나의 천박스러움 — 이런 것들이 말입니다."

"미묘한 얘기로군."

"그래서 정대해지고 싶었습니다. 훈련에서 돌아오자 맨 먼저 심 소위가 누워 있는 의무대로 갔지요. 그리고 사실을 죄다 말했습니다. 참회나 사죄가 아니라 계급 따위나 들먹이며 보복하려 들면 정말로 죽도록 패 주고 영창이나 가려구요. 지적으로 세련된 건 아닐지 몰라도 그것만이 제가 정대해지는 방법이었으니까요."

"그래 어찌 됐나?"

*뇌동 : 줏대 없이 남의 의견에 따라 움직임.
*정대하지 : 의지나 언행 따위가 올바르지.

"두 번 비참해졌습니다. 그 어린것이—죄송합니다—제기랄, 뭐라고 했는지 알아요? 얘기를 다 듣고도 아무 말 없이 픽 돌아눕는 게 아니겠어요? 돌아가라, 강 병장. 본관은 네 말을 안 들은 걸로 하겠다. 어떻게 대한민국 장교가 사병에게 맞을 수 있겠나. 강 병장은 근무에 충실했을 뿐이다, 하는 겁니다."

"……."

"풀썩 주저앉고 싶은 심정이었습니다. 그런데 마지막까지 그놈의 사병 근성이 나온 거죠. 그래서 한마디 덧붙였지요. 당신이 심 소장이라면 그 소리는 썩 어울릴 거라고."

"그랬더니?"

"제 비참만 더했습니다. 그는 경멸에 찬 눈으로 돌아보더니 그렇게밖에 생각하지 못하니까 너는 더러운 잔꾀나 부리는 사병이다, 하고 말했습니다."

"안됐다……."

그때였다. 교환대 문이 거칠게 열리며 몸을 제대로 가눌 수 없을 만큼 취한 선임 하사가 들어왔다. 어디서 굴렀는지 얼굴이 긁히고 군복 여기저기 흙이 묻어 있었다.

"임 상사, 왜 늦었어요?"

이 중위가 조심스럽게 물었다.

"쓸쓸해서—한잔 먹었임다, 과장님."

털썩 주저앉으며 대답하는 그의 목소리에는 무언가 물기가 서린 듯했다.

"그래, 문 중사는 좀 어떻던가요?"

"×할 놈…… 뒈져 버렸어요."

"뭐요?"

"내가 가니깐 벌써 죽어 있더란 말이오. 어차피 죽어야 할 놈이긴 하지만……."

"어차피 죽어야 한다니, 그게 무슨 말이오? 임 상사."

"그 새끼가 그년을 죽였던 거요."

"그년?"

"거 왜 작전 첫날 밤에 목 졸려 죽은 늙은 갈보 말이오."

"그건 어떻게 알았소?"

"그 운전병 새끼가 깨어나 불었단 말요. 문 중사 그 새끼 아주 죽을 셈 잡고 그날 차도 지가 몬 거요. 눈길을 시속 100킬로미터로……."

"문 중사가 왜 그랬대요?"

"그 쌍년이 바로 그 전날 꿈에 뵌 년이오. 그년이 하필 그런 데서 ×을 팔고 있을 게 뭐람. 하기야 이제는 연놈 다 뒈졌으니 끝은 깨끗이 난 셈이지만……."

얘기를 하는 임 상사의 눈에서는 굵은 눈물이 소리 없이 흘러내리고 있었다. 이 중위도 강 병장도 숙연히 침묵을 지켰다.

"그 새끼 운전병에게 고백한 살인 이유가 또 웃기지. 뭐 그년을

92

다시 대한 순간 자기는 그년을 아직도 사랑하고 있는 것을 깨달았다던가. 그래서 그년을 위해 가장 좋은 일을 해 준다는 게 바로 그년을 목 조른 것이라나요. 같잖은 새끼."

"……."

"그래 놓고 이틀은 겨우 견뎠지만 결국은 제 김에 간 거죠. 병참부에서 부식을 수령해 오다가 술을 처먹고 사병들에게 질질 짜며 죄다 불고, 그리고 그년을 찾아간다면서 차를 몰아 댄 거요. 망할 새끼."

"……."

"내 하사관 학교서 그 새끼 처음 만날 때부터 제명에 못 죽을 놈이라는 걸 알아봤다니까요. 암, 내 그 새끼 일이라면 워커 밑창부터 철모 꼭대기까지 다 알지 으흐흐흐……."

임 상사는 신음과도 같은 울음소리를 내며 뒹굴었다. 이 중위와 강 병장은 그런 그를 어쩔 줄 몰라 멍하니 보고만 있었다. 그런데 갑작스러운 교환기의 신호음이 이 방의 모든 것을 흩뜨려 놓았다. 신호를 받은 배 상병이 놀란 소리로 이 중위를 불렀다.

"뭐야?"

이 중위가 불길한 예감으로 날카롭게 물었다.

"김 일병이― 목을 맸습니다. 대공 초소 부근이랍니다."

그제서야 이 중위도 조금 전 과원들을 재우려고 내무반에 내려갔을 때 김 일병이 보이지 않았던 걸 상기했다. 이 중위는 정신없이 대공 초소로 달려갔다. 벌써 상황 장교와 주번 사관이 와 있었고 시체도 내려진 후였다. 김 일병은 근처에 무성한 참나무 가지에 야전선으로 목을 맨 것이었다. 교범에 있는 결박법대로였다. 곧 놀란 대대장이 달려오고 의무관이 시체를 조사했다. 혀를 쑥 내민 시체는 흉측하게 불거진 두 눈에도 불구하고 다분히 희극적인 모습으로 둘러싼 사람들을 조소하고 있는 것 같았다.

"이것들이 어찌 이리 턱없이 죽지……."

대대장이 어이없다는 듯 중얼거렸다.

"걔들이 원래 그래요. 월남서도 보니까 베트콩 총 맞아 죽는 놈 정말 몇 안 되더군요. 그저 지가 슬슬 죽는 거지요. 계집 배때기 위에서 죽고, 술 처먹다 죽고, 돈 벌려다 죽고, 적도 못 보고 미쳐 죽고, 아니면 고향 생각으로 자살이나 하고……."

언제 왔는지 군수 과장이 무감동하게 말했다.

"그게 바로 병사의 절망이지요……."

망연한 기분으로 곁에 대대장이 있다는 것도 잊고 이 중위가 불쑥 끼어들었다.

아우와의 만남

아우가 오지 않은 것은 갑작스런 사정의 변경이 있어서라기보다는 약속 자체가 그리 정확하지 않았던 탓인 듯했다. 김한조 씨는 일이 거듭 어그러지는 것을 변명하면서 자신이 그런 일을 처음 하기 때문임을 유달리 힘주어 말했다. 검고 깡마른 얼굴에 이따금씩 알아보게 붉은 기운이 번지고 중요한 대목에서는 무언가를 잘못한 아이가 그러듯 몸까지 비꼬는 폼이 정말 그런 일에 처음 손대는 사람처럼 보이기도 했다.

"돈도 되고 일도 별로 어려울 것 같지 않아 남 따라 시작해 본 건데 영 쉽지 않구먼요. 인차* 될 듯한 일이 터지고, 이 사람 저 사람 사이를 왔다 갔다 하다 꿩 궈 먹은 소식이 되고—허궁에도 딸라 참 많이 뿌렸디오. 그러다 보니 춘부장님 계신 곳을 알아낸 게 하마 장례 끝난 지 보름 뒤라……. 하지만 이번 일은 걱정하지 마

*인차 : '이내'의 북한어.

시라요. 하루 이틀 늦기는 해도 오기는 꼭 올 거야요.”

나는 이미 알릴 일은 다 알리고도 금방 일어나지 않는 그가 조금씩 지루해졌다. 김한조 씨도 그런 내 기분을 알아차렸는지 이번에는 북한 얘기를 꺼냈다. 이런저런 경로를 통해 내가 이미 익히 알고 있거나 그 자신이 전에 얘기한 적이 있는 북한의 비참한 실상이었다. 악화된 식량 사정을 중심으로 조금씩 과장된 것인데 그도 대부분의 그곳 사람들처럼 남한 사람들에 대한 호의의 표시나 고급한 아첨 삼아 정색을 하고 그 실례를 늘어놓았다. 그러나 북한에 자주 드나드는 것은 그가 아니라 그의 아내이기 때문인지 정작 내가 알고 싶은 부분에 이르면 그도 나와 마찬가지로 남에게서 들은 것이거나 추측뿐이었다.

잔금을 원하는가 — 나중 그나마 할 말이 없어져 서로 얼굴만 쳐다보게 되어서야, 나는 속으로 그런 짐작을 해 보았다. 사람을 못 믿는 것 같아 야박해 보일지 모르지만 이 마당에 잔금까지 치르고 싶지는 않았다. 연변 사람들도 요즈음은 약아 믿지 못하게 되었다는 말을 여러 번 듣기도 했지만 그보다는 이제껏 그가 해온 일이 그리 미덥지가 못해서였다.

하지만 잔금 부분은 지레짐작이었다. 내가 차마 이제 그만 가 보시란 말까지는 못해 피로한 표정으로 지루함을 감추며 말없이 앉아 있자 뭔가를 망설이던 그가 불쑥 말했다.

“이번이 처음은 아니라는 거 알긴 하지만 연길 구경은 다 했습네까? 뭣하면 제가 안내나 좀 해드릴까 해서⋯⋯."

비로소 나는 그의 까닭 모를 밍기작거림이 일을 제대로 하지 못한 미안함 때문이란 걸 알아차렸다. 그러나 호의는 고마워도 그리 반가운 제안은 못 되었다. 80년대 후반 첫 여행 때 이미 해란강도 돌아보고 용정 우물가도 찾고 하는 식으로 하루 꼬박 연길을 돌아본 적이 있는 데다 이제는 관광에도 전 같은 흥미가 없었다. 첫날이나 겨우 희미한 이국정취를 느낄까, 다음 날부터는 이미 국내에 있을 때나 마찬가지로 모든 일에 심드렁해지는 게 요즘의 해외 나들이였다.

그의 호의가 무색하지 않도록 이리저리 말을 둘러 가며 김한조 씨를 객실에서 내보내고 시계를 보니 벌써 11시가 넘어 있었다. 몇 마디로 끝날 통보에 김한조 씨는 두 시간 가까이를 쓴 셈이었다. 무슨 국영 기업체의 대외 합작부에서 일한다고 들었는데 주초의 오전을 그렇게 어정거릴 수 있는 것으로 보아 근무가 아주 헐거운 듯했다.

김한조 씨를 내게 소개한 것은 연길 대학의 류(柳) 교수였다. 나는 그를 백두산 관광을 위해 억지로 얽은 거나 다름없는 지난번 세미나에서 만났다. 거기서 그는 동북사(東北史), 특히 발해사(渤海史)에 대한 연구를 발표했는데 나는 그 학문적인 조예보다 소박하고 겸손한 인품에 호감이 가서 개별적인 친분을 맺게 되었다.

귀국을 위해 옌타이〔煙臺〕로 떠나기 이틀 전 내가 두만강 구경을 하고 싶다고 하자 류 교수가 선뜻 안내를 맡아 주어 함께 혜산으로 갔을 때였다. 두만 강가에 이르러 북한 땅을 건너보니 절로 술 생각이 났고, 술에 취하니 나도 모르게 감정이 과장돼 나중에는 강변에서 북한 쪽을 향해 절을 하며 눈물을 떨구는 추태를 보이고 말았다. 그때는 아직 아버지가 살아 계실 때인 만큼 예(禮)에도 없는 망제*를 지낸 꼴인데 말없이 그런 나를 보고 있던 그가 내 감정이 가라앉기를 기다려 말했다.

"이 박사님도 그러시지 말고 사람을 넣어 보시지요. 아버님을 이리로 초청하게 하고 그때 박사님이 한 번 더 오시면 부자간에 만날 길이 영 없는 것도 아닐 겝니다."

물론 나도 그런 수가 있다는 것은 들어 알고 있었다. 아니, 실은 그 뻔한 세미나에 없는 시간을 내 참석하기로 한 것 자체가 마음속으로는 은근히 그런 수를 노리고 있어서였다는 편이 옳았다. 그러나 내 소심함에 비해 안기부의 경고는 너무도 삼엄했다. 함부로 그런 일을 벌이기에는 국립대학 교수라는 내 신분이 아무래도 부담이 돼 떠나기 전 나는 연줄을 따라 그쪽 요원 한 사람을 만났는데, 그는 내 말을 몇 마디 듣기도 전에 강한 어조로 잘라 말했다.

"한중(韓中) 수교가 정식으로 조인되지 않은 지금 상황에서 연길은 준(準) 북한 영토라 할 수 있습니다. 설령 저희 요원들이 따

---

*망제(望祭): 멀리 떨어진 곳에서 조상의 무덤이 있는 쪽을 향하여 지내는 제사.

라간다 해도 그런 비밀스런 접촉이 있을 때는 박사님의 안전을 보장할 길이 없으니까요. 막말로 그때 저쪽 특무(特務) 몇이 아버님을 따라와서 이 박사님을 북한으로 끌고 가 버리면 그게 바로 의거* 입북이지요. 그때 가서 납치당했다고 끝까지 주장할 수 있을 것 같습니까? 또 그리 주장해 본들 무슨 소용이 있겠습니까? 단념하십시오. 아직은 이릅니다. 박사님이 별 이름 없는 보통 사람이어도 우리가 나서서 이렇게 말리지는 않을 겁니다. 만약 일이 잘못되면 박사님과 가족 분들만 불행해지는 게 아니라 남한 사회까지도 심각한 영향을 받기 때문에 신중해 달라고 부탁드리는 겁니다. 물론 아버님 되시는 분의 연령이 팔순에 가까운 만큼 다급하신 심경을 저희들도 이해하겠습니다. 살아생전에 한 번이라도 아버님을 뵙고 싶은 게 자식 된 분의 당연한 심경이겠지요. 그러나 무리한다고 될 일이 아닙니다. 저희들이 특별히 염두에 두고 작업을 해볼 테니 이번에는 그냥 세미나만 참석하고 돌아오십시오."

그 바람에 결국 내 은밀한 시도는 손대 보기도 전에 포기되고, 이미 이런저런 사진으로 눈에 익어 새삼 감동스러울 것도 없는 백두산 관광과 마음에도 없는 세미나로 연길에서의 닷새가 헛되이 가 버리자, 그날 내 감정이 더욱 그렇게 과장되었는지도 모를 일이었다.

*의거(義擧) : 정의를 위하여 개인이나 집단이 의로운 일을 도모함.

내가 끔찍한 범죄라도 결행하는 기분으로 그의 제안을 받아들이자 류 교수는 다음 날로 김한조 씨를 내가 묵고 있는 호텔로 보내 왔다. 처가가 북한에 있고 그의 아내도 그와 결혼할 때까지는 조교*였다는 사람이었다. 처가는 청진이지만 처삼촌이 셋이나 되어 평양과 의주, 회령에 흩어져 산다는데 특히 내가 김한조 씨에게 일을 맡길 생각을 한 것은 청진과 평양에 아울러 연고가 있다는 점이었다. 80년대 중반에 받은 아버지의 편지는 주소가 평양으로 되어 있었는데 근년에 나를 찾아온 재일 교포 친척은 청진에서 아버지를 만나 보았다고 주장하고 있기 때문이었다.

나는 내가 알고 있는 아버지의 인적 사항을 모조리 적어 주고 동료들의 여윳돈을 거두어 3천 달러를 채워 주며 김한조 씨에게 일의 착수를 부탁했다. 실제로 든 경비 외에 최소한 2만 원(元)의 수고료를 보장하고 아버지의 신분이 특수해 초청에 드는 특별한 경비를 나도 이의 없이 부담한다는 다짐에다 류 교수가 개인적인 보증을 서 주어 이루어진 묘한 계약이었다.

그쪽 수준으로는 큰 벌이여서인지 내가 연길을 떠나던 날 아침 마지막으로 부인과 함께 찾아온 김한조 씨는 아주 신이 나서 낙관적인 전망을 다짐처럼 늘어놓았다. 빠르면 두어 달 뒤인 그해 겨울 방학에 맞추어 아버지를 만나게 될 것이고 늦어도 지난봄까지는 만나게 해줄 수 있으리라는 얘기였다. 북한에도 중간 간부층은

*조교(朝僑) : 연길에 있는 북한 국적의 교포.

적당히 썩어 있어 달러로 안 되는 일이 별로 없다는 게 그러한 낙관의 근거였다.

김한조 씨의 장담에도 불구하고 일은 예상 밖으로 진전이 더뎠다. 애초에 크게 기대하지는 않았지만 그해 겨울 방학은 아무런 소식조차 없이 지나가고 다시 여름 방학이 와도 이렇다 할 진전의 소식은 들려오지 않았다.

하지만 어쨌거나 아직은 실정법에 걸리는 일을 꾸민 터라 나도 드러내 놓고 편지를 내거나 인편을 이용할 수 없어 막연히 답답해하며 1년을 넘겼다. 그러다가 그 뒤 한중 수교가 이루어지면서 내 답답함은 한결 더해졌다. 이제는 전에 안기부 요원이 우려했던 바와 같은 부담이 없어진 까닭이었다.

그런데 올해 정월 친척의 초청으로 서울에 온 류 교수가 뜻밖의 소식을 전했다.

"안됐습니다. 아버님께서 작년 여름에 이미 세상을 떠나셨다는군요. 김한조 그 주변머리 없는 사람이 벌써 그걸 알아 놓고도 우물쭈물하다가 이제야 제게 알려 주지 뭡니까? 그의 아내가 몇 달 앓아눕는 바람에 일이 늦어졌던 모양인데 어쨌거나 자기편에서는 늑장을 부리다가 일을 그르쳤다는 생각에 낯이 없었던가 봅니다. 게다가 이 박사님한테 받은 돈은 그 뒤 두어 차례 북조선 왔다 가면서 흐지부지 날아가 버렸고……."

그러고는 자신의 생각인지 김한조 씨의 부탁이 있어선지 넌지시 새로운 제안을 했다.

"지금 김한조 그 사람은 이 선생님에게서 받은 돈을 물어 줘야 한다고 걱정이 태산입니다만 그게 어디 쉽겠습니까? 그래서 제가 생각해 본 건데—아버님은 이미 그렇게 되셨고, 대신 동생 분을 한번 만나 보는 게 어떻겠습니까? 저쪽에 여럿 되는 모양이던데요."

솔직히 그때만 해도 나는 그런 류 교수의 새로운 제안이 전혀 귀에 들어오지 않았다. 거의 반세기에 걸친 애증과 은원*이 느닷없이 스러져 버리는 순간의 어떤 허망감이었으리라. 젊은 날처럼 격렬하지는 않았지만 아직도 수시로 모습을 바꾸어 나타나는 그리움과 원망의 대상이 그렇게 느닷없이 이 세상을 떠나 버릴 수 있다니…….

실은 내가 그 무렵 들어 아버지와의 만남을 부쩍 서둘게 된 것도 여든에 가까운 그 고령 때문이었다. 하지만 그때의 내게는 아버지의 죽음이 턱없이 갑작스럽고 어이없기만 했다. 나에게 남은 마지막 기억이 30대 중반의 젊은 아버지라 더욱 그랬을 것이다.

이렇다 할 언질 없이 류 교수와 헤어져 집으로 돌아온 뒤에도 나는 한동안 아버지의 죽음만을 생각했다. 우선 어머니에게 그 일을 알려야 할 것인가 말 것인가부터 그럴 때 내가 마땅히 치러야 할 의례에 이르기까지 시급하게 결정해야 할 일들이 너무도 많았다.

*은원 (恩怨) : 은혜와 원한을 아울러 이르는 말.

어머니는 북쪽에 내 아래로 다섯 남매가 더 있다는 소식을 알게 된 80년대 중반 이후 한 번도 아버지를 입에 담지 않았다. 서른셋에 홀로 되어 어린 삼남매를 키우면서 행실 면에서는 한 번도 남의 입 끝에 오르내린 적이 없는 당신에게는 아버지의 그 같은 다산(多産)이 배신처럼 느껴지신 듯했다. 그런 어머니에게 이제 아버지의 부음은 어떤 의미를 가질까.

맏이인 내가 치러야 할 의례도 그랬다. 늦었지만 빈소라도 차리고 상복을 입어야 하나, 탈상은 어떻게 하며 기제사는 여기서 내가 지내도 되나, 절이나 교회를 통한 천도(薦度) 의식은 필요하지 않을까, 아직도 생존한 것으로 되어 있는 남한의 호적은 어떻게 되나, 이제는 사망 신고를 받아 주려나. 파보*를 다시 꾸미고 있는 문중에는 알려야 하나, 북의 다섯 남매를 족보에 얹을 수 있을 때까지 기다려야 하나.

그렇지만 막상 어떤 결정을 내리려고 보니 묘하게도 내가 할 수 있는 일은 별로 없었다. 풍문에 흡사한 죽음의 소식뿐 구체적인 그 정황도 심지어는 정확한 기일(忌日)조차 모르면서 누구에게 알리고 무슨 의식을 치른단 말인가. 어머니에게는 알려도 되지 않을까 싶었으나 그것마저도 마땅치 않았다. 겨울 들면서 드러나게 노인성 치매 증상을 보이고 있는 어머니에게 그 말을 했다가 어떤 돌발 행동으로 사람을 난처하게 만들지 알 수가 없었다.

*파보(派譜) : 같은 종파 안의 한 파의 족보.

모든 것은 정확한 정황을 확인한 뒤에—이윽고 그렇게 생각이 정리되자 비로소 나는 남의 일처럼 흘려들은 아우를 만나야 할 필요가 생겼다. 그전까지만 해도 통일이 되면 언젠가는 만나게 될 막연한 존재였던 아우가 그때서야 겨우 내 삶과 구체적인 관련을 맺는 존재로 전환된 것이었다.

나는 귀국하는 류 교수에게 아우와 만나겠다는 뜻을 전했고 일은 빠르게 진척되어 이번에는 두 달도 안 돼 김한조 씨에게서 그 날짜가 왔다. 물론 일반의 봉함 편지에 한글로 쓰여 있기는 했지만, 우리끼리 약속한 암호와도 같은 표현 뒤에 숨어 있는 날짜는 바로 오늘이었다.

나는 학기 중임에도 불구하고 연길 행을 서둘렀다. 그러나 중국과의 수교는 이뤄져도 그런 목적의 여행을 위한 개인 비자를 얻기가 쉽잖은 데다 혹시라도 험한 세상이 되면 잠입과 접선의 혐의를 받게 될지도 모르는 혼자만의 여행은 여전히 부담이 아닐 수 없었다. 궁리 끝에 흔히 연길을 중간 기지로 삼는 7박 8일의 백두산 관광 코스를 이용하기로 하고 마침 내게 맞는 일정표를 가진 여행사의 관광단에 묻어 서울을 떠났다.

김한조 씨의 등을 떠밀 듯 내보낼 때만 해도 내가 벗어나고 싶어 했던 것은 그의 어눌함, 특히 뜻 없는 말의 되풀이가 주는 지루함에서인 줄만 알았다. 그러나 정작 혼자 있게 되자 내게 오히려 절실한 것은 우선 쉬고 싶다는 생각이었다. 며칠 마음에도 없는 관광에 지친 탓도 있지만 아우와의 만남을 앞두고 쌓여 온 마음속의 피로가 더 큰 원인인 듯했다.

얼굴도 모르는, 난생처음 만나는 아우, 그것도 배다른 아우, 40년 가까이나 생판 다른 문화 다른 환경에서 교육받고 자란 성년의 아우, 하지만 처음 연길 행을 결심할 때만 해도 내 머릿속에는 꽤나 상세하고 감동적인 만남의 시나리오가 있었다.

그런데 어찌 된 셈인지 시간이 가고 만남이 가까워질수록 그 첫 순간의 어색함과 서먹함이 과장되게 느껴져 와 머릿속의 시나리오를 점점 더 자신 없게 만들었다. 특히 간밤에는 그렇게 자신 없어진 시나리오를 새로 꾸미느라 늦게까지 잠을 설치기도 했다. 그러다가 그 아침에는 또 모든 게 온전히 백지가 되었는데 그동안에도 마음속으로는 꽤나 피로했던 모양이었다. 아우가 아직 도착하지 않았다는 말을 듣자 묘한 안도감과 함께 앞뒤 없이 홀로 쉬고 싶다는 생각만 들었다.

나는 우선 잠이나 한숨 푹 자둘 요량으로 커튼을 둘러치고 누웠다. 류 교수가 찾아오기로 된 오후 3시까지는 시간이 넉넉했다. 그는 아침 일찍 내게 전화를 걸어 며칠 전 한국에서 온 무슨 단체를 위해 '조직'할 일이 있다면서 금세 달려오지 못하는 것을 무척 미안해했다.

그러나 잠자는 일은 끝내 뜻대로 되지 않았다. 처음 침대에 누웠을 때 잠깐 깜박했을 뿐 무언가 대수롭지 않은 소음에 깨어난 뒤로는 애를 써도 잠들 수가 없었다. 거기다가 그래도 많은 돈 들여 떠나온 여행길인데, 싶자 대낮부터 호텔 방에서 잠이나 자기에는 아무래도 좀이 쑤셨다.

이윽고 배길 수 없게 된 나는 아래층 커피숍으로 내려가 커피나 한 잔 하려고 방을 나왔다. 그 뒤에는 연길 거리나 돌아보며 그동안에 달라진 모습이나 살피다가 한국 식당에서 점심이나 때울 생각이었다.

호텔 커피숍은 지금까지 지나온 도시들에서와는 달리 제법 붐볐는데 남한 여행객들이 주로 투숙하는 곳이라 그런지 대개는 남한에서 온 사람들과 현지 동포들 간의 만남으로 보였다. 나는 빈자리를 찾아 앉은 뒤 커피 한 잔을 시켰다. 그런데 미처 커피가 오기도 전에 방금 누군가와 얘기를 끝내고 일어나던 사내가 아는 체를 하며 내 쪽으로 다가왔다.

"아이구, 선생님도 남으셨군요. 전에 천지(天池)를 보신 모양이지요? 하기야 요즘 세상에 아직 백두산 천지 구경도 못했으면 그것도 촌놈이지."

그러면서 양해도 구하지 않고 맞은편 자리에 앉는 걸 보니 함께 거기까지 온 관광단 중의 하나였다. 비교적 수다스러워 여럿 가운데서도 눈에 띄던 사람이었는데 내게는 그가 남은 것이 좀 뜻밖이었다.

"네에. 지난봄에 와서 한번 둘러본 적이 있습니다."

"그럼 사업차 오신 모양이네. 요즘은 상용(商用)으로 하면 개인 비자도 잘 나온다던데, 왜 관광단에 끼셨습니까?"

내가 밝히지 않은 탓에 그는 내 직업을 제 나름으로 추측해 그렇게 물어왔다. 나는 차라리 잘됐다 싶어 되는 대로 받았다.

"사업이란 게 그리 대단할 게 없어서. 겸사겸사 관광도 좀 하다가 여기서 하루 이틀 볼일이나 보려고…… 사장님은 어떻게?"

내가 대답 대신 오히려 되물은 것은 정말로 그가 왜 남았는지 궁금해서가 아니라 내 여행 목적을 밝히고 싶지 않아서였다. 하지만 사내도 선뜻 자신이 일행에서 떨어져 남게 된 이유를 밝히고 싶지 않은 눈치였다.

"나도 비슷합니다. 사업이란 게 좀 있기는 하지만 드러내 놓고 말할 것도 못 되고……. 또 연길로 바로 오는 비행기도 없고 해서. 마침 코스에 들어 있는 계림(桂林)과 서안(西安)도 못 본 곳이고……."

사내가 그렇게 대강 얼버무렸다. 수다스러움에 비해서는 조심성이 있는 편이었다. 그게 슬며시 내 호기심을 일으켰다. 이 사내는 또 무슨 일로 일행에서 처졌을까. 그러나 사내는 갑자기 화제를 바꾸어 이어질지 모르는 내 질문을 피해 버렸다.

"그러고 보니 남은 게 세 사람이네. 나는 통일꾼과 나 둘뿐인 줄 알았더니."

통일꾼이 남은 것은 나도 알고 있었다. 스스로 내세워 통일꾼이
란 별명을 얻은 그 통일 운동가는 이 정체 모를 사내와는 다른 의미
의 수다로 일행에게 진작부터 알려져 있었다. 주로 국수주의적인
상고사(上古史) 지식을 바탕으로 한 비분강개를 통해서였다. 관광
중에 잠시라도 일행의 귀를 끌 수 있는 기회만 있으면 그는 무언가
비분강개로 사람들에게 감동이나 교훈을 주지 못해 애를 썼다.

"여기는 옛날 백제 땅이오. 백제가 요서(遼西) 진평(晉平) 두
군(郡)을 다스릴 때 이 북경은 진평군에 속해 있었지. 아니, 원래
는 이 중원 전체가 한족들이 밀려들기 전까지는 우리 땅이었단 말
이오."

북경 공항에 내리자 첫마디가 그랬고, 자금성에서도 비슷했다.

"그때 이성계가 그대로 밀고 나가 이 자금성을 우리가 차지해
야 하는 건데. 청나라는 뭐 별건 줄 아슈? 청태조 누르하치가 겨
우 팔기병(八旗兵) 3만을 보내 중원을 삼킨 거란 말요. 그런데도
이성계는 그보다 2백 년 전에 5만을 가지고도 벌벌 떨다 돌아왔
으니."

모르기는 하지만 그는 아마도 『환단고기*』며 비류백제설* 임
나 대마도설* 같은 것에도 정통할 것임에 틀림없었다. 그리고 그

─────────────

*환단고기(桓檀古記) : 단군 조선을 대통일 민족 국가로 서술한 역사책.
*비류백제설(沸流百濟說) : 백제의 시조가 '온조'가 아니라 '비류'라는 설.

모든 고대사의 영광을 일깨운 뒤에는 공식처럼 그 회복을 위한 통일의 중요성을 강조하는 것으로 끝을 맺어 통일꾼이란 별명을 얻었는데, 연길에 내린 뒤로는 그 비분강개의 강도가 더해졌다.

"이 산천을 보시오. 바로 우리 산천 아닙니까? 우리 동포가 많이 살아서가 아니라 산과 물이 생긴 모양이 하마 중국과는 무관하다니까. 이게 경상도나 충청도 어디라고 해서 이상할 게 뭐 있겠소?"

"왜놈들이 몹쓸 짓을 너무 많이 했어. 반도 삼킨 것도 모자라 간도협약(間島協約)이니 뭐니 남의 경계까지 줄여 놓았으니……. 슬금슬금 옮겨 살며 기득권이 생길 때를 기다렸으면 영락없이 우리 땅이 되는 건데."

공항에서 연길 시내로 들어가는 버스 안에서부터 그렇게 떠들던 그는 어제저녁 식탁에서 갑자기 무슨 심각한 망명객처럼 선언했다.

"나는 팔자 좋게 천지 유람이나 갈 생각 없소. 천지 유람은 통일된 뒤에 흥겹게 해도 늦지 않으니까. 그 이틀 북한 실정에 밝은 여기 동포들과 함께 지내면서 통일을 위해 내가 할 수 있는 게 무엇인지를 알아보겠소."

무심히 보면 치기가 도를 넘은 아마추어 국학자의 황당한 결정

* 임나 대마도설(任那對馬島說): 일본의 역사서 『일본서기』에 바탕한 설로 고대 낙동강 유역이 일본 대마도 지방의 왕권이 지배하던 곳이라는 설.

같지만 내가 관찰한 바로는 꼭 그렇지도 않았다. 치기라는 게 묘해서 어떤 때는 어리석음, 덜떨어짐 같은 말과 동의어로 우스꽝스럽지만 어떤 때는 순수, 열정과 혼동되어 상당한 감동을 자아내기도 한다. 내가 나가는 대학에는 이따금씩 그 방면으로 이름깨나 얻은 통일꾼들이 이런저런 행사의 연사로 초청되어 오는데 그 치기만만함에서는 대학 하급생이 대부분인 그 청중이나 별반 차이 없는 경우가 많았다.

우리 통일꾼의 말도 닳고 닳은 40대가 대부분인 관광단을 상대로 해서 그렇지 대학 축제 때 국수적인 동아리가 주최한 강연회에서 떠들었다면 적지 않은 감동을 줄 수 있는 내용들이었다. 따라서 내 추측은 그가 그 방면의 상당한 전문가로서 오히려 처음부터 연길에서 나름의 어떤 활동을 목적하고 있었을 거라는 쪽으로 기울었다.

내가 굳이 일행에서 떨어져 있는 동안의 객실료를 따로 물기로 한 것도 실은 그 통일꾼 때문이었다. 그렇지 않으면 여행사 측은 경비를 절감하기 위해 그 통일꾼과 나에게 한방을 쓰도록 했을 것인데 나는 그게 싫었다. 내 잔류 목적이 그에게 노출되는 것도 반갑지 않거니와 그가 저지를지 모르는 어설픈 실정법 위반의 증인이 되는 것도 피하고 싶었다. 게다가 자칫하면 둘의 실정법 위반이 고약하게 얽혀 서로에게 큰 피해를 입힐 수도 있었다. 그런데 알고 보니 이 사업가가 그 통일꾼과 한방을 쓰게 된 모양이었다.

"선생님도 남으신 줄 알았으면 선생님과 한방을 쓰게 해 달라는 건데……. 당최 그눔의 통일 사업이 얼마나 요란한지."

사업가가 낯을 찌푸리며 그렇게 말했다. 한 발 떨어져서 부담 없이 듣게 되니 문득 그 통일 사업도 궁금해졌다. 내게는 그저 막막하기만 한 통일이란 말이 그토록 구체적이고도 급박한 사람들, 통일을 위해 당장 해야 할 일의 순서며 방법까지 훤히 꿰고 있는 그런 운동가들은 국내에 있을 때도 적잖이 궁금한 사람들이었다.

"도대체 그 통일 사업의 내용이 뭡디까?"

"어디서나 말이지요 뭐, 말. 오늘 아침에도 두 패가 다녀갔는데 이건 뭐 금세 혈서라도 쓸 것 같은 정치 집회 같더라니까요. 뭐라 더라, 같은 핏줄기의 따사로움을 가슴에 새기고 소중한 민족의 동질성을 보듬어 이념의 장벽을 뛰어넘자, 라고 하던가."

"온 사람들은 어떤 사람들인데요?"

"교수니 작가니 하는 게 여기 연길에서는 말깨나 하는 사람들 같습디다만, 우리 통일꾼하고는 첨 만나도 그 사람이 관계하는 무슨 단체 사람들하고는 전에 만난 적이 있고……. 그런데 우스운 것은 우리 통일꾼이 그들을 무슨 재외(在外) 민족 대표라도 만난 양 열을 올리는 거예요. 신식민주의를 까부시어 자주성을 쟁취하자느니, 민족 반역 세력을 쓸어 없애 통일의 날을 앞당기자느니, 하는 이북 방송 비슷한 말도 하고, 자칫하다간 며칠 한방 쓴 죄로 귀국 후에 안기부에 불려 가 시달릴까 걱정이라니까요."

무얼 하는지 모르지만 그 사업가는 꽤나 입담이 좋은 사람이었다. 나는 되도록 티를 내지 않으려고 애쓰면서도 그의 얘기를 계속 해 끌어내려고 한마디 거들어 주었다.

　"통일을 위해서는 그런 일도 필요하겠지요. 소련 망하고 나서 미국 하는 짓이 워낙 돼먹지 않으니."

　"에이, 틀렸더라구요. 사람들이 벌써 아니던데. 그 사람들 통일 때문에 온 것 같지 않더라구요. 어떻게든 남한 단체나 개인과 친분을 맺어 여기서 합작을 하거나 남한으로 초청받을 길이 없나 하는 게 관심사인 듯하던데 우리 통일꾼이 눈치 없이 떠드니 마지못해 맞장구를 쳐 주는 거지. 그러나저러나 그 사람 어쩔려구 그리 헤픈지 몰라."

　"뭐가요?"

　"오늘 아침에 벌써 두 사람에게 초청을 약속하고 무슨 단체에는 적잖은 책을 기부하겠다더군요. 어디 학교엔가는 도서관 건립도 돌아가 성사시키겠다 장담했고……. 내 보기에는 그만한 힘 있는 사람 같아 보이지 않던데, 공연히 순진한 여기 사람들 실망시키는 거 아닌지 몰라."

　사내가 통일꾼 험구를 시작한 게 자신의 여행 목적을 추궁받지 않기 위해서라면 그리 신통한 방책은 못 되었다. 시작은 남의 얘기로 통일을 꺼냈지만 얘기가 진행되다 보니 다시 자신도 거기 얽혀들고 만 까닭이었다.

"사람들 참 이상하지. 어째서 통일, 하면 민족이니 이념이니 하는 것밖에 생각나지 않을까. 선생님도 그러세요?"

조심하느라 했지만 그래도 내게서 먹물 냄새 같은 걸 감지한 탓인지 장사꾼이라 밝혀도 굳이 선생님이라 부르며 그가 그렇게 물어 온 게 시작이었다.

"그럼 사장님은 통일, 하면 뭐가 생각나십니까?"

"평양 시민 뺀 저 2천만 난민을 어찌 먹여 살리나, 무슨 돈으로 저 북한 땅 껍데기라도 남한 비슷하게 싸 바르나……."

"그거야 뭐 대기업들이 어찌 휘어 내겠죠. 값싼 노동력 많이 늘어나고 멀리서 지하자원 안 들여와도 되고 하니……."

"모르는 소리 마십쇼. 내 단골 중에 제법 크게 사업하는 분이 있는데 북한 노동자 정말 걱정 많이 하더라구요. 방글라데시나 파키스탄, 필리핀 노동자라면 값싸게 부릴 수 있는 재미라도 있겠지만 명색이 한 민족인데 그럴 수 있겠냐는 얘깁니다. 그랬다가 새로 생길 지역 감정 문제는 어쩌구요? 전에 말썽 많던 영호남 문제는 저리 가라가 될 거라는 겁니다. 거기다가 노동의 질도 문제라고 했습니다. 사회주의 국가 일반의 비능률에다 '우리 식으로' 어쩌고, 하는 구식의 노동 개념이라 현대화된 우리 노동자와는 많이 다른 모양입니다. 그 노동의 질을 우리 사회에 맞게 재교육하는 데는 몇 년이 걸릴지 모른다더군요. 지금으로는 필리핀 수준도 기대하기 어려운데 임금은 우리 노동자와 같이 쳐 주어야 한다면 쓸 수 있는 곳은 몇 군데 안 된다는 거예요. 막노동이나 일차 산업 현장밖에 없을 거라던가. 결국 그 노동력은 우리 산업에 부담으로 작용할 가능성이 더 많은 노동력에 지나지 않는다는 거죠. 지하자원 문제도 그리 좋을 게 없는 모양이던데요. 그저 남한보다 풍부하다는 거지 그쪽 지하자원, 국제적으로 비교 우위가 있는 품목은 손꼽을 정도라는 겁니다. 잘못하면 우리 땅에서 나는 것이기 때문에 비싸고 질 낮더라도 사 써야 하는 꼴이 나기 십상이라는 거지요. 한마디로 기업들에게는 역시 부담으로 작용할 위험성이 더 많은 게 북한 지하자원이라는 겁니다."

"그것도 넓은 의미로는 통일 비용에 들겠지요. 통일 비용을 산출하고 거기에 대비하는 작업도 시작되고 있으니까 무슨 수가 나지 않겠습니까? 경제적 측면의 통일 준비 말입니다. 하지만 우리 통일꾼과 같은 정치적 측면의 준비도 마찬가지로 필요할 것 같은데요. 사상적, 정치적으로 제대로 정리되지 않은 채 마구잡이 통일을 했다가는 통일 뒤에 피나는 내전을 치르게 될지도 모르니까요."

"친구 중에 이런 계산하는 사람도 있습디다. 우리가 적화될 수 있는 가장 위태로운 시기는 통일 후 3년째 되는 해라나요. 통일 비용으로 남한의 살이가 전반적으로 악화되어 극빈층이 늘어난 데다 상대적 빈곤감에 시달리는 북한 주민이 합치면 불만층이 체제 유지를 원하는 계층보다 훨씬 많아 사회주의에 가장 취약한 형태의 인구 구성비를 이루게 된다는 겁니다. 어쨌든 내가 장사꾼이라 그런지 내게는 훨씬 급한 게 경제적인 준비 같아 보입디다. 소련 동구 무너지는 것 보셨겠지만 사상은 경제를 따라가게 되어 있는 거 아닙니까? 하부 구조가 상부 구조를 결정한다는 그 사람들 주장도 그렇고."

거기서 그가 다시 스스로를 장사꾼이라고 하자 그게 억눌러 온 내 궁금함을 일깨웠다. 얘기를 계속할수록 그가 장사꾼이라도 예사 장사꾼은 아닐 것이라는 추측이 강하게 인 까닭이었다.

"그런데 아까 기업가가 단골이라 말하셨고……. 말씀도 들어 보니 우리 같은 사람들에겐 새로운 게 많은데— 무슨 사업을 하십 니까?"

나는 그가 애써 피하려 하고 있는 걸 알면서도 다시 한 번 그렇게 물어보았다. 일순 망설임의 표정이 그의 얼굴을 스쳤으나 그는 끝내 시원스레 밝혀 주지 않았다.

"별거 아닙니다. 이것저것 돈 되는 것은 좀……."

그러더니 방금 무언가 큼직한 비닐 백을 들고 커피숍으로 들어 오는 사람을 보자 구원이라도 요청하는 사람처럼 자리에서 일어 나 손을 흔들었다.

서울에서 올림픽이 있던 해 처음 왔을 때만 해도 연길은 사회주의 국가의 도시들에 공통된 인상이 짙었다. 곧 하드웨어는 그럴듯

한데 소프트웨어가 시원찮은 구식 전자 기기를 보는 듯한 느낌이 그것이었다. 그런데 재작년 4년 만에 다시 왔을 때는 많이 달라져 있었다. 도시의 외형은 얼른 보아 크게 변하지 않은 듯했지만 내용은 이게 그때의 연길인가 싶을 정도로 딴판이었다. 긍정적이든 부정적이든 주로 자본주의 시장 경제를 지향한 변화였다.

그때로부터 다시 1년 반, 나는 무슨 심각한 점검이라도 하듯 그동안의 변화를 보기 위해 우의로(友宜路) 쪽으로 갔다. 듣기로 그곳은 연길 시내에서도 가장 변화가 심한 곳일 뿐만 아니라 한국 식당들이 많이 몰려 있다기에 한 바퀴 돌아보고 적당한 곳에서 점심이나 때울 생각이었다.

하지만 도시의 변화란 게 보겠다고 해서 쉽게 드러나는 것도 아니거니와 쉰을 넘겨 무디어진 호기심을 오래 사로잡을 만한 것도 아니었다. 재작년에도 그랬던 것 같기도 하고 그새 변한 것 같기도 한 거리를, 그저 왔으니까 한 번 봐 둔다는 기분으로 걷다 보니 얼마 가지도 않아 피로부터 먼저 왔다.

그래서 두어 블록 걷다가 들어가게 된 곳이 카페 '한강'이었다. 한국인 관광객을 위한 것인 듯 한글로 크게 쓴 상호 위에 '카페 겸 식당'이란 영어 표기가 반원형으로 씌어 있는 그 집 간판이 왠지 눈에 익은 느낌을 주었다. 아마도 서울 거리에서 자주 보던 형식이라 그랬을 터였다.

안으로 들어서니 장식도 서울의 싸구려 카페를 그대로 떼어다 옮긴 듯했는데 손님은 하나도 없었다. 12시가 채 안 되기는 해도 그 시각에 그렇게 한산한 걸로 보아 식당보다는 카페를 위주로 하는 집인 모양이었다. 실은 나도 거기서 밥을 먹을 생각은 없었다.

"어서 오세요."

어둑한 계산대 쪽에서 젊은 여자의 목소리가 나를 맞았다. 짧은 한마디라 정확히 알아들을 수는 없었지만 연길에서 흔히 듣는 억양은 아니었다. 이어 빈자리를 찾아 앉는 내 앞에 나타난 것은 서른 이쪽저쪽의 안주인이었다.

"뭘 드시겠습니까?"

다시 내게 메뉴판을 내밀며 묻는 소리가 거의 서울 말씨에 가까워 여자를 살펴보니 차림도 서울에 있는 카페의 마담들과 비슷했다. 서울서 왔나, 싶었으나 그럴 것 같지는 않았다. 남쪽 사람들이 연길 쪽에 여러 가지 사업을 벌이고 있다는 말은 있었지만 그런 허름한 카페까지 열었다는 소리는 듣지 못했다. 그렇다고 서울 여자가 연길까지 얼굴 마담으로 왔을 것 같지도 않았다.

"주스나 한 잔 주시오. 마담도 생각 있으면 한 잔 하시고."

나는 그런 안주인에게 실없는 호기심이 일어 시골 다방에서나 쓰는 수법을 슬쩍 써 보았다. 그런데 안주인은 그런 일에 익숙한 사람처럼 주스 두 잔을 받아 가지고 돌아와 청하지도 않았는데 앞자리에 앉았다. 손님도 없고 하니 심심해서 그랬을 수도 있지만, 왠지 내게는 그녀가 그곳 사람이 아닐 거라는 짐작이 갔다.

"이곳 분이 아니신 듯한데 어디서 오셨어요?"

그녀가 친절을 과장한 목소리와 표정으로 먼저 물어 왔다. 나는 잠시 호기심을 눌러 두고 그녀의 물음에 답했다.

"서울서 왔습니다."

"혼자 오셨어요?"

"일행이 있긴 한데 볼일이 있어 혼자 떨어져 나왔죠."

"사업하시는 분이세요?"

"사업이랄 것까지는 없고 좀 만나야 할 사람이 있어서."

"일행은요?"

"그저 관광단입니다. 지금 천지에 가 있습니다."

"언제 돌아오죠?"

"내일 저녁은 호텔에서 같이 묵게 되어 있습니다."

나는 그녀에게까지 숨길 까닭이 없어 대개는 사실대로 대답해 주었다. 그러자 그녀는 이제 알 것 다 알았다는 표정으로 말했다.

"그럼 내일 저녁 일행 분들 데리고 이리루 놀러 오세요. 내 잘해 드릴게요. 이래 뵈도 여기 가라오케까지 있다구요. 예쁜 아가씨들도 많고. 남조선 말로 끝내 드리죠."

"일행에게 물어보지요. 그런데 마담은 여기 사람이오?"

그제서야 틈을 얻은 내가 그렇게 지나가는 말투로 물어보았다. 그녀는 별로 경계하는 빛 없이 대답해 주었다.

"네. 바로 연길은 아니지만 부근에서 자랐어요. 왜, 여기 사람

118

같잖아요?"

"말투가 아니라서— 그럼 서울에 가신 적 있소?"

"아, 말. 네, 서울에 한 2년 가 있었죠. 거기서 여기 말을 하니 모두들 이상하게 봐서. 또 여러 가지로 불리한 점도 많고……. 그래서 힘들여 서울말을 배웠는데, 비슷하게 들리는 모양이네."

"불리하다니, 뭐가?"

"연길서 온 걸 알면 속여 먹으려 들거나 공연히 깔보는 것 같아서. 취직해 있으면 턱없이 지분거리는* 것들도 많고."

아마 돈벌이를 갔던 모양이었다. 2년이나 어떻게 머물 수 있었던지. 그리고 그동안을 어떻게 보냈는지가 다시 슬며시 궁금해 왔으나 그들의 신산스러운 생활은 달리도 들은 게 많아 묻기를 그만두었다. 그렇게 된 잠시 대화가 끊어졌다.

"그래, 장사는 잘되시오?"

한참 후에 내가 그렇게 묻자 주스를 홀짝거리던 여자가 깊은 한숨과 함께 대답했다.

"서울서는 여기에 이런 가게 하나만 열면 떼돈을 벌 거라 생각했는데 어려워요. 여기 사람들에게는 아직 무리고, 관광객만 기다려야 하는 판이니 이런 어중간한 규모로 잘되겠어요? 이러다간 저이하고 나하고 2년 동안 할 짓 못할 짓 다해 가며 뼈 빠지게 모은 돈 다 날리게 생겼어요."

*지분거리는 : 짓궂은 말이나 행동 따위로 자꾸 남을 귀찮게 하는.

여자는 그러면서 주방 쪽을 힐끗 바라보았다. 때마침 주방의 쪽문으로 겉늙어 보이는 사내의 얼굴 하나가 우리 쪽을 불만스럽게 내다보고 있었다. 그녀의 남편임에 틀림없었다. 그의 찌들고 지쳐 뵈는 얼굴을 대하자 나는 어렵지 않게 그들 부부의 서울 생활을 짐작할 수 있었다. 남자는 막노동판에서 일요일도 쉬지 않을 정도의 악착을 떨었을 것이고 여자는 월급 많은 재미로 험한 허드렛일로만 떠돌았을 것이다.

나는 문득 아까 호텔 커피숍에서 만났던 사업가가 말한 통일 후의 북한 노동자를 떠올렸다. 꼭 들어맞을지는 몰라도 그들 부부가 앞질러 한 체험은 통일 뒤의 북한 노동자에게 어느 정도 적용될 수 있을 것도 같았다.

"그래 돈은 제대로 줍디까?"

내가 그렇게 앞뒤 없이 불쑥 묻자 잠시 눈을 깜박거리던 여자가 이내 알아듣고 입을 비쭉했다.

"제대로 주긴요. 우리가 연길에서 왔다는 것만 알면 무조건 싸게 부려 먹을 궁리라니까요. 제대로 주는 곳은 남조선 사람들이 아무도 안 하려는 더럽고 험한 일뿐이구요. 저이는 막노동판에서도 제대로 못 받았지, 아마. 뭔가 명목을 붙여서 얼마씩은 떼더라는 거예요."

"그래도 비슷하지는 않았습니까? 필리핀이나 방글라데시에서 온 사람들은 남한 노동자 절반도 못 받는다던데요."

그러자 여자의 두 눈에서 새파란 불길 같은 게 언뜻 비쳤다가 사라졌다.

"그것들하고 우리하고 어떻게 대요? 그래도 명색이 한 핏줄 한 겨렌데, 아무리 오래 떨어져 살았다지만……."

여자는 그렇게 목소리를 높여 놓고, 힐끗 주방 쪽을 보더니 낮고 빠른 목소리로 보탰다.

"서울서 오셨으니 다 들으셨겠지만 제가 어떻게 이만 돈이라도 모아 온지 아세요? 이거 다 술집 아가씨들 피 빨래 해 주고 짓궂은 손님들에게 손목 잡혀 가며 술상 날라 번 돈이에요. 남편 있는 여자가 다른 마뜩한* 일 두고 왜 그랬겠어요? 바로 그 때문이라구요. 여기서는 그래도 교육받은 축인데 마뜩하고 돈 되는 일은 아예 차례가 없고 공장에 가서 일하려니, 세상에, 필리핀 애들하고 같이 주겠다고 하지 않겠어요? 우리가 왜 그런 대접을 받아야 해요? 말을 못 알아듣나, 개들같이 게으름을 피우나, 세상에, 같은 동포끼리……."

그러면서 입술을 잘끈 깨무는 여자의 표정에는 새삼 분하다는 기색이 떠올랐다. 우연히도 나는 그 사업가가 호텔 커피숍에서 잡담처럼 제기한 문제의 실례를 한 시간도 안 돼 그 카페에서 보게 된 셈이었다. 나는 쓸데없이 그녀의 상처를 건든 게 미안해 얼른 두루뭉술한 위로로 화제를 바꾸었다.

*마뜩한 : 제법 마음에 들 만한.

"고생 많이 하셨군요. 그래서들 안 되는데……."

"서울, 거기 몇 해 돈 벌어 오는 곳으로는 어떨지 모르지만 천금을 준다 해도 살 곳은 아니에요."

여자는 거기까지 말해 놓고서야 조금 진정이 되는지 인사치레처럼 덧붙였다.

"뭐, 그렇다고 남조선 사람들이 다 나쁘다는 얘기는 아니에요. 고마운 분들도 계시고 친절하게 대해 준 이도 많았죠."

얘기가 그렇게 마무리 질 무렵 해서 나는 갑자기 주스 한 잔으로 너무 오래 앉아 있었다는 생각이 들었다. 하지만 그냥 일어나기는 더욱 난감했다.

"여기도 식당인데 이거 미안해서 어쩌나. 실은 며칠 제대로 된 한식을 먹어 보지 못해서……. 점심을 먹긴 먹어야겠는데."

내가 솔직히 그렇게 속을 털어놓자 여자도 그 일로 부담을 주지는 않았다.

"괜찮아요. 저희도 간판만 걸어 놨지 식사 준비는 변변치 못해요. 게다가 경양식 중심이고. 그런데 어떤 걸 잡숫고 싶으세요?"

"육개장이나 해장국 같은 얼큰한 것하고 김치만 좀 있으면 되는데……."

"그럼 좋은 식당 하나 소개해 드릴게요. 이 아래로 조금 내려가시면 서울식당이라고 있는데 그리로 가 보세요. 이름뿐만 아니라 음식도 서울서 오신 분들 구미에 맞을 거예요. 주방장을 서울서 데려왔다나요."

덕분에 나는 더 미안해하지 않고 그곳을 나와 며칠 그리워했던 한식으로 점심을 먹을 수 있었다. 서울식당의 육개장과 김치는 남한에서 온 관광객의 구미에 맞춘다는 게 기껏 요리에 미원과 설탕을 퍼부은 것으로 표현되고 있었을 뿐이었지만 북경을 떠난 뒤로는 줄곧 느끼한 중국 음식만 먹어 온 뒤라 그런대로 먹을 만했다.

그런데 우리 사업가가 알았으면 득의해할 만한 일은 그날 한 번 더 있었다. 오후 3시쯤 해서 약속대로 호텔방을 찾아온 류 교수가 정말 알 수 없다는 얼굴로 말했다.

"이 박사, 나는 남조선이란 사회 아무래도 이해가 안 돼요. 사람도 어지간히 만나 봤고 서울까지 가 봤는데 영⋯⋯."

"왜 무슨 일이 있습니까?"

"오늘뿐만 아니라 벌써 몇 번쨌는데, 남조선 사람들 도무지 속을 알 수가 없어요. 남북 문화 교류 도와 달라구 해서 일껏 조직해 놓으면 다 될 무렵 해서 엉뚱한 주문으로 사람 난처하게 만드는 거우다. 이번에도 남쪽의 조통(組統) 문학회란 곳에서 북한 문인들과 교류하고 싶다기에 그 방면으로 발이 넓은 우리 대학의 장 교수가 힘을 다해 북쪽에 다리를 놓고 나도 곁다리로 도와 일을 거지반 성사시켰지요. 특히 북쪽에서 올 사람들 고르는 데는 머리깨나 썼습니다. 이쪽이 뭐라 할까, 약간 혁신적인 데가 있는 것 같아 저쪽에는 좀 개방적이고 덜 정치화된 사람들을 붙여 주려 했더니 이제 와서 뭐라는지 아십니까? 공훈 작가급은 못 되더라도 일급 작가 몇쯤은 낀 저쪽의 핵심적인 문인이어야 한다는 것입니다. 그래서 그 사람들은 이미 문인이라기보다는 정치에 편입된 사람들이고 만나 봤자 주체 사상 선전밖에 들을 게 없다고 했더니 놀랍게도 이쪽에서 만나고 싶은 건 바로 그런 사람들이란 겁니다. 이왕 만날 바에야 북을 대표하는 문인들을 만나고 싶어 하는 그 욕심은 이해해요. 그런데 얘기를 듣다 보니 꼭 그런 욕심만은 아니라는 데 문제가 있었습니다. 오히려 조통 문학회 쪽에서 강조하는 것은 그런 사람들이 와야 이야기가 잘 통할 거라는 겁니다. 그리고 은근히 자기들의 사상성을 과시하는데 정말 기가 막히더라구요. 이미 여기서도 한물간 김일성 신화나 60년대 초에 잠깐 반짝했던 북쪽의 우위를 나타내는 수치 따위를 어디서 주워 모았는지 시시콜콜히도 주워 모아 어정쩡한 북한 지식인 뺨치게 열을 올려 댑디다. 모르기는 하지만 북쪽의 공훈 작가나 일급 작가와 어울려도 그런 쪽으로는 조금도 지지 않을 사람들 같았습니다. 하지만 그렇게 된다면 그게 무슨 문화 교류입니까? 그 사람들이 만나는 게 어떻게 남북 문학자 교류 대회가 됩니까? 기껏해야 접선이나 내통이고, 주체 문학자 단합 대회지. 남쪽의 보수파 문인들도 비슷해요. 그들이야말로 북쪽의 공훈 작가나 일급 작가를 만나야 할 사람들인데 원하는 것은 요새 개방 바람에 가늘거리는 햇내기 작가나 연애 소설로 인기 있다는 아무개예요. 또 다른 접선과 내통,

또 다른 단합 대회나 주문하는 거지요. 도대체 문화 교류의 목적이 뭡니까? 이질화된 남북의 문화를 동질화시켜 다가오는 통일에 대비하자는 거 아닙니까? 그런데 기껏 추진되는 교류라는 게 그 모양이니……. 흡수당하거나 흡수하겠다는 식이니……. 그게 자유 민주주의 사회의 사고라는 겁니까? 장 교수가 시달리는 거 보고 앉았다가 분통이 터져 그만 일어나 버렸습니다."

말하자면 정치화된 문화 교류의 한 폐해를 든 셈인데, 논의를 넓히면 통일을 정치적으로만 접근할 때의 경고로도 기능할 수 있을 듯했다.

"첫술 밥에 배부르겠습니까? 우선 그렇게 시작하는 거지요, 뭐. 처음부터 극단하게 이질적인 문화를 붙여 놓으면 충돌밖에 더 일어나겠습니까?"

그 자리에서는 그런 반론으로 류 교수를 달랬지만 그때부터 내 마음은 무거워지기 시작했다. 머지않아 만나게 될 아우가 어쩌면 바로 그런 이질의 문화일지도 모른다는 우려가 내 가슴을 짓눌러 온 까닭이었다.

거기다가 그런 내 마음을 더욱 무겁게 한 것은 그날 밤에 온 김한조 씨의 전화였다.

"왔시오, 동생 되는 분. 저물녘에 도착한 모양인데 오늘 밤은 외삼촌 집에서 묵고 내일 아침 호텔로 가겠답니다."

외삼촌이 초청한 형식이 되어 있기는 했지만 내게로 먼저 오지 않고 그리로 가 버린 게 왠지 아우의 내키지 않아 하는 마음을 드러내고 있는 듯 느껴졌다.

　이튿날 아우는 생각보다 일찍 왔다. 무슨 언질이 있었던 것은 아니지만 나는 아우가 아침 10시는 넘어서야 나를 찾아올 것이란 예상을 했었다. 그래서 8시에 일어나고도 늑장을 부리다가 9시쯤 겨우 세수나 마치고 식당으로 내려가려는데 김한조 씨를 앞세운 아우가 바로 내 방문을 두드렸다.

　이미 말한 대로 나는 아우와의 첫 대면의 순간에 대해 여러 가지로 고심했다. 마흔이 다 되도록 보지 못한 아우, 그것도 묘한 생래*의 적의가 끼어 있는 이복 아우와 마땅한 대사는커녕 말을 바로 낯출 수 있을까조차가 쉽게 가늠되지 않았다.

　그런데 김한조 씨를 따라 쭈뼛거리며 들어서는 아우를 바라보는 순간 내가 그동안 아무 쓸모없는 고심을 해 왔음을 깨달을 수 있었다. 아주 낯익은 얼굴이—기억에서는 거의 지워져 가지만 몇 장 남은 옛 사진의 도움으로 그 윤곽과 음영은 아직 내 머릿속에 뚜렷이 남아 있는 아버지와 유복자 격으로 태어났으나 가엾게도 마흔을 못 채우고 죽은 아우를 연상시키는 얼굴이 군에 가 있는 큰 아이의 좀 휘인 듯한 등과 흔히 '잔나비 허리'라 불리는 우리 문중의 특징적인 체형에 실려 있었기 때문이었다. 낯선 것은 다만 우리 70년

*생래(生來) : 성질과 심정을 타고난.

대풍으로 잔뜩 멋 부린 것 같은 아우의 신사복 차림뿐이었다.

왠지 굳어 있는 듯한 얼굴로 들어서던 아우도 나와 눈길이 마주친 순간 흠칫하는 듯했다. 그러나 이어 눈에 띄게 표정이 풀리는 것으로 보아 마음속으로는 나와 비슷한 경험을 하고 있음에 틀림없었다.

"형님이라도 10년 이상 손위니까 절하고 보도록 하기요."

김한조 씨가 아직 자리를 못 잡고 있는 아우에게 그렇게 시켰다. 그것도 내가 아우에게 하는 첫마디가 수월해지는 데 적잖게 도움이 되었다. 나도 반절로 받기는 했으나 절을 받고 나니 이미 말을 놓을까 말까 하는 망설일 필요조차 없는 결정이 되고 말았다.

"듣기는 했다만 이름을 어떻게 쓰지?"

내가 물은 것은 이름의 한자였다. 나는 처음 아우의 이름을 들었을 때부터 항렬에 따른 것 같다는 짐작이 들었으나 아버지가 봉건제의 잔재라 할 수 있는 대가족 제도의 항렬을 그대로 따랐을 것 같지 않아 아우를 만나면 물어보리라 마음먹은 적이 있는데 그게 나도 모르게 첫마디가 되어 나온 것이었다. 그런데 아우는 내가 이름을 묻고 있는 줄로 잘못 안 것 같았다.

"혁입니다. 리 혁이라 합니다."

"이름이 아니라 이름의 한자를 물었다. 또 형한테 이름을 대는 데 성을 쓰는 법이 아니고. 혁이라면 붉을 혁(爀) 자 아니냐? 불화 변에 붉을 적자 둘 있는 거."

"맞아요."

"동생들도 다 한 글자로 된 이름……."

"아니야요. 누님과 막내는 두 글자 이름입니다."

"그렇다면 희 자나 섭 자가 들었겠구나."

"그렇습니다. 문희와 무섭이라고 합니다."

거기서 희미한 전율 같은 감동이 내 가슴속을 쓸고 지나갔다. 불구덩이 속에 어린 삼남매와 젊은 아내를 팽개치고 갈 수 있었던 이념가도 가문과 항렬만은 용케 잊지 못했구나…….

"북쪽에서도 모두 항렬을 쓰니?"

물음이 되풀이되자 웬 이름 타령인가 하는 기색을 내비치며 짧게짧게 대답하던 아우가 문득 나를 뻔히 쳐다보았다. 그 까닭을 몰라 나도 멀거니 아우를 바라보고만 있는데 김한조 씨가 알아차리고 끼어들었다.

"거 왜 돌림자 말이야. 보니까 예전에는 북에서 더러 쓰는 것 같더니 요즘은 안 쓰는 모양이두만."

"돌림자 이젠 아무도 안 쓰는데요. 우리도 돌림자는 쓰지 않았구요."

그제서야 아우가 알아듣고 그렇게 말했다. 나는 가슴속에서 점점 더해 오는 감동을 억누르며 길게 우리 항렬을 설명했다.

"항렬이란 게 꼭 돌림자로만 쓰이지는 않는다. 대개는 오행(五行)을 따라 정하는데 순서도 성씨마다 조금씩 다른 것으로 안다.

우리는 토(土) 금(金) 수(水) 목(木) 화(火) 순서로 돌아가고 돌림자는 거기 맞춰 규(圭) 현(鉉) 호(浩) 병(秉) 섭(燮) 또는 희(熙)를 쓰지. 하지만 그 돌림자들을 쓰지 않을 수도 있다. 예를 들어 우리 대의 돌림자는 섭이나 희지만 만약 외자를 쓰게 되면 불화(火) 변이나 아래에 점 넷만 있으면 된다. 따라서 너희 다섯 남매는 철저하게 항렬을 따른 이름이야. 모르긴 하지만 네 아이들도 아버님께서 이름을 지으셨다면 규 자를 돌림자로 쓰거나 흙토(土) 자가 들어간 외자일 거다."

그러다가 어딘가 어이없어하는 듯한 김한조 씨의 표정을 보고서야 얼른 화제를 바꾸었다.

"참 내가 묻는 순서를 바꾸었구나. 그래, 아버님은 무슨 병환으로 돌아가셨느냐?"

"대장암입니다. 김책시 인민 병원에서 돌아가셨습니다."

그러는 아우의 눈이 갑자기 충혈되며 물기가 돌았다. 나도 아버지의 부음을 들은 뒤 처음으로 콧마루가 시큰해 왔다.

"선종*, 음―편안히 눈감으셨니?"

"병원에 친척이 한 분 의사로 있어……. 경호 아재라고, 같이 남에서 들어온 일가 아저씬데, 잘 돌봐 주셨습니다. 한 이틀 혼수 상태로 계시기는 했지만 딴 이들보다는 덜 괴로우셨을 겁니다……."

*선종(善終) : 임종 때에 성사를 받아 큰 죄가 없는 상태에서 죽는 일.

코맹녕이 소리로 대답하는 아우의 어조에는 조금씩 울먹임이 섞여들었다. 그러나 시큰한 코머리에 이어 눈앞에 흐릿해 오기는 해도 내게는 전혀 실감 나는 슬픔이 아니었다. 돌아가신 지 1년 가까이나 되는 아버지를 추억하는 몇 마디에 울먹일 수 있는 아우가 경이로우면서도 한편으로는 다 같은 자식인데 그럴 수가 없는 자신이 쓸쓸할 뿐이었다. 그것도 마음 한구석으로는 아버지의 죽음과 별 상관없는 의문까지 챙기면서. 경호라면 일제 때 상고를 나와 은행에 나가다가 월북한 문중 조항* 같은데 어떻게 의사가 되었나…….

"그건 다행이로구나. 그런데 기일은 정확히 언제냐? 맏이로서 뭘 어찌해 보려 해도 기일을 알아야지."

"자네 아버님 제삿날 말이야."

김한조 씨가 다시 충실한 통역처럼 그렇게 끼어들어서야 겨우 알아들은 아우가 대답했다.

"8월 21일과 3월 18일입니다."

기일이 둘인 게 이상했으나 이번에는 내가 짐작으로 알아들었다. 아버지의 생일이 3월 18일이니 북에서는 생일에도 제사를 드리는 모양이었다. 이어 제례에 들어가면서 한동안 그 비슷한 혼선이 일었다. 빈소, 위패, 탈상 같은 게 그랬는데 아우가 역시 못 알아듣는 걸로 보아 그곳의 제사는 우리 전통의 의식보다는 기독교

* 조항(祖行): 할아버지뻘의 항렬.

식의 추모제 비슷하게 되어 있는 듯했다. 그런데 그 제사 얘기 끝에 처음으로 아우에게서 강렬한 저항 내지 거부의 감정을 느낄 일이 있었다.

"어차피 너희들에게는 빈소도 없고 위패도 없으니 혼백은 내가 모셔도 되겠구나. 기제사와 설 보름 차사*는 내가 받들기로 해야 겠다."

내가 결론처럼 그렇게 말하자 아우의 눈빛이 번쩍했다. 뭔가 예사롭지 않은 감정을 드러내는 눈빛이었다.

"그럼 제사를 뺏아 간다는 거외까?"

그런 목소리도 다분히 항의 조였다.

"제사를 뺏아 가겠다는 게 아니다. 어차피 너희 제사는 사진 걸어 두고 생일날까지 상을 차리는 추모회 같은 거니 예법에 맞는 제사는 내가 따로 받들겠다는 거다. 너 우리 집안을 가볍게 보지 마라. 이래 뵈도 영남에서는 알아주는 집안이고 나는 또 12대 봉사*를 하는 장손이다. 밑천 짧은 집안 같으면 종손 행세를 하고도 남을. 그런데 위로 11대를 모시면서 아버님 제사만 빼란 말이냐? 그건 내가 그리 하고 싶어도 문중에서 가만히 있지 않을 게다."

나는 그래 놓고 비록 증직*이지만 이조 판서 좌승지 호조 참판

*차사 : 차례.
*봉사(奉祀) : 조상의 제사를 받들어 모심.
*증직(贈職) : 죽은 뒤에 품계와 벼슬을 주거나 높여 주던 일.

의 직함을 가진 조상들과 실직*으로 안동 부사며 의령 현감을 사신 조상들을 들먹인 뒤 김한조 씨를 돌아보았다. 그러나 지금까지는 어지간히 중개 역을 해낸 그도 이번에는 좀 어려워했다. 그저 양반집 가문에서는 제사를 중히 여긴다는 것과 제사는 반드시 만이가 모시는 법이라는 걸 그 좋은 말재주로 이해시키려 애쓸 뿐이었다. 그러나 아우의 눈길에는 여전히 강한 거부의 빛이 엿보였다. 나는 약간 어이없으면서도 한편으로는 그 까닭이 궁금했다.

"듣기로 너희들은 귀신이니, 영혼이니 하는 걸 믿지 않는다던데."

"형님은 그걸 믿으십니까? 제가 듣기로는 남조선도 양코배기다 돼 그런 거 믿지 않는다던데요."

아우가 처음으로 형님이란 말을 썼으나 나는 거기 감격할 여유가 없었다.

뜻밖으로 완강한 아우의 반발을 어떻게든 가라앉히는 게 급해서였다.

"사람 따라 다르지만 나는 믿는다. 미신적으로가 아니라 과학적으로. 그쪽에서도 그렇게 부르는지 모르지만 질량 불변의 법칙과 운동 불변의 법칙, 에네르기 불변의 법칙쯤은 너도 알고 있겠지. 영혼은 육신이 살아 있을 때는 정신이고, 정신 활동은 운동이며 에너지라고 본다. 그런데 우리 몸을 구성하고 있던 물질은 형

*실직(實職) : 문무 양반만이 하는 벼슬.

태만 바뀌고 사라지지 않는데 정신은 어째서 죽음으로 사라져 버리겠느냐. 다만 기억과 동일성을 유지하느냐 않느냐가 문제인데 나는 그건 어느 편이라도 상관없다고 본다. 종교에서 믿는 것처럼 영혼이 생전의 정신과 동일성을 유지하며 존재한다면 우리 조상의 영혼보다 우리를 더 따뜻이 보살필 신이 어디 있겠느냐? 그렇지 않고 정신도 육체처럼 해체와 재결합 과정을 거치는 것이라도 우리 몸을 있게 한 조상의 영혼을 존중해 나쁠 것은 없다. 따라서 나는 단순한 추모가 아니라 숭배의 의식으로 제사를 모신다.”

나는 우리 논의의 엉뚱스러움을 거의 의식하지 못하고 조상신 숭배에 대한 평소의 내 견해를 그렇게 거칠게 요약했다. 내 말을 어느 정도는 알아들었는지 아우의 표정이 조금 풀리긴 해도 아직 수긍의 기색은 아니었다. 까닭 없이 몰리는 기분이 된 내가 이번에는 직접적으로 물어보았다.

“그런데 뭐가 못마땅하냐? 너는 내가 제사를 받들겠다는 게 아주 불만스러운 모양인데.”

그제서야 아우도 말을 돌리지 않고 대답했다.

“형님이 갑자기 나타나서 진짜 자식은 마치 형님 혼자라는 듯 우기시는 것 같아…….”

내가 아우를 받아들이는 데도 꽤나 거부의 감정을 자아냈던, 적서(嫡庶)의 구별에 바탕한 이복(異腹)의 적의였다. 그러나 아우의 솔직함이 다소간 위로가 되어 그리 마음 상하지는 않았다. 오히려 적서로든 장유(長幼)로든 우월할 수밖에 없는 내 친족법적 위치는 그런 것에 지나치게 예민해져 있는 아우를 느긋이 내려 볼 수 있게 해 주었다.

내가 다시 화제를 바꾸어 새로 꾸미는 우리 파보 얘기를 꺼내고 거기에 얹겠다며 그들 오남매뿐만 아니라 그들의 어머니까지 이름과 생년월일을 적게 한 것도 어쩌면 그런 느긋함에서 나온 일종의 선심이었을 것이다. 아우는 그런 일을 생소해하면서도 반발은 보이지 않았다. 새삼……. 하는 냉소의 기미는 있었으나 내가 내놓은 수첩에 차례로 적어 가기 시작했다.

그런데 이번에는 무심코 아우가 적는 걸 따라 읽던 내 쪽에서 감정의 동요가 일기 시작했다. 강명순(康明順) 본관 진주 1936년 6월 2일, 문희(文姬) 여(女) 1955년 8월 17일……. 그렇게 따라 읽다 보니 절로 아버지의 재혼 과정이며 아우의 어머니 강명순의 신분이 어렴풋하게나마 잡혀 온 까닭이었다.

첫아이 문희가 55년에 났다면 아버지의 재혼은 54년쯤에 있었고 강명순은 스물넷, 과부거나 이혼녀이기보다는 처녀였을 가능성이 훨씬 큰 나이였다. 서른여섯의 한창 나이로 월북한 아버지는 4년이나 홀아비로 지내다가 마흔에야 결혼했으니 남쪽에 두고 온 아내에 대한 최소한의 예의는 다한 셈이 된다. 매음은 금지되고 연애도 자유롭지 않았을 그때의 상황에서 처녀로 시집왔다면 학벌이나 신분은 다소 낮더라도 강명순 또한 정처(正妻)로서 아무런 결격 사유가 없었다. 거기다가 아버지가 돌아가실 때까지 그들이 산 세월은 거의 40년, 남쪽에서 어머니와 함께한 세월의 세 배가 넘었다.

그런 아버지의 재혼과 다산에 대해 배신이나 부도덕의 혐의를 걸 수 있을 것인가. 그런 새어머니에 대해, 그리고 그녀에게서 난 다섯 남매에 대해 누가 서얼*의 불결함이나 비천함을 덮씌울 수 있는가. 어쩌면 남쪽에서의 결혼 생활 12년이야말로 아버지에게는 괴롭기는 하나 한때의 덧없는 추억이었고, 어머니와 우리 삼남매 또한 북쪽의 새 가족들에게는 다만 아버지의 지워지지 않는 흉터 같은 것이었을 뿐이었는지도 모른다……

"너 혹시 가족사진 가진 거 없니? 궁금하구나. 너희 남매와 어머니 모두."

아우가 내미는 수첩을 받아 챙기면서 나는 자신도 모르게 물었다. 아우가 잠시 머뭇거리다가 지갑을 꺼내 거기 끼여 있던 사진 한 장을 빼냈다. 아우가 찍어서인지 아우만 빠진 그들 여섯 가족이 바닷가 모래사장을 배경으로 활짝 웃고 있었다. 아버지 만년의 단란한 한때였던 것 같았으나 어딘가 누님의 처녀 적을 연상시키는 스물너댓 살가량의 여자애를 빼고는 아이들이 어렸다.

느닷없이 삯바느질로 어렵게 살아가던 홀어머니와 그 고단했던 우리 삼남매를 떠올린 나는 시기 비슷한 걸 느끼며 그 사진을

*서얼(庶孼) : 서자와 그 자손.

찬찬히 들여다보았다. 아버지는 물론 아이들은 모두 낯익은 느낌을 주는 얼굴이었으나 북쪽의 새어머니 강명순은 아무래도 낯설었다. 드러나게 검붉은 얼굴에 크고 건장한 체격, 억세 보이는 콧날―내가 간직하고 있는 아버지의 지적인 풍모와는 너무도 어울리지 않는 여자였다. 그 어울리지 않음이 내게서 전혀 예정에 없던 물음을 끌어냈다.

"너희 어머니와 아버지가 결혼하게 된 얘기 들은 거 있니?"

아우가 무엇 때문인지 한동안 나를 멀뚱히 바라보다가 감정 없는 목소리로 대답했다.

"아버님이 원산농대에서 가르치실 때 어머니가 학생으로 배우신 적이 있답디다. 인민군 녀전사(女戰士)로 낙동강까지 내려갔다가 돌아오신 뒤라지요, 아마. 그리고 문덕 열두삼천리벌에서 다시 만나서 결혼하셨다고 합니다."

"문덕 열두삼천리벌? 아버님은 거길 왜 가셨는데?"

"54년에 당의 명령으로 열두삼천리벌 관개 사업 현장에서 일하게 되셨다는군요. 저도 문덕에서 난걸요."

"대학교수를 공사판에다? 그것도 농(農)경제학을 전공한 사람을 관개 사업 현장에? 무슨 까닭인지는 듣지 못했니?"

그러다가 속으로 나는 아, 하는 기분으로 아버지가 월북한 뒤의 경력 중에 석연찮게 얽혀 있던 한 매듭을 풀어낸 기분이 들었다. 54년은 남로당 계열이 숙청된 해였다. 아버지는 그때 원산농대 교수에서 의주의 관개 사업 현장으로 밀려났음에 틀림없었다. 그게 휴전 직후 간첩으로 남파되었다가 체포된 친척의 전언과 60년대에 남파되었다가 전향한 친척의 전언이 연결이 안 된 원인이었구나. 한 사람은 원산농대 교수라고 했는데 한 사람은 무슨 현장 기사로 이름조차 귀에 선 곳에 있다고 우겼구나. 그러나 아우는 거기에 대해 별로 아는 것이 없어 보였다.

"당의 명령인데 리유가 어딨겠습니까?"

"80년에 받은 편지로는 농업성 과학원인가, 어디에 계신다고 들었는데 그건 어찌 된 거냐?"

"돌아가실 때까지 거기 소속이셨습니다."

"그런데 살기는 왜 청진이냐?"

"청진은 고등중학교 다닐 때부터 지금까지 우리가 주욱 살고 있는 곳이야요. 아버님이 문덕 관개 사업소의 기사장으로 계시다가 송도정치경제대학을 거치실 때 평양에서 3년인가 살고 그 뒤에 청진으로 이사 왔지요."

차례로 캐묻다 보면 북으로 간 뒤 아버지가 겪어야 했던 삶의 유전(流轉)이 윤곽을 드러내겠지만 나는 그쯤에서 질문의 내용을 바꾸었다. 쓸데없이 아우의 경계심을 건드릴까 걱정이 되어서였다. 그런데 그게 오히려 그런대로 풀려 가던 대화를 꼬이게 만든 꼴이 되고 말았다.

"그래 애들은 모두 살 만하냐?"

내 딴에는 혈연의 정을 나타낸다고 그렇게 물은 것이나 아우의 눈길이 드러나게 실쭉해졌다. 표정도 미리부터 각오하고 있던 험한 일을 이제 당하게 되었구나, 하는 데가 있었다.

"뭘 말입니까? 우리가 강냉이죽도 변변히 못 먹고 고생하는 얘기 듣고 싶습네까?"

"그럴 리야 있겠니? 어차피 통일되면 서로 의지하고 살아야 할 형제라서 궁금해 그런다. 어떻게들 지내니?"

"누님은 외교관에게 시집가서 외국 나가 계시고, 녀동생은 지난해 경공업 위원회 지도원과 결혼했습니다. 동생은 교원이고 또 하나 막동이는 금년에 평양외국어대학에 들어갔고 ― 또 저는 지금 김책연합기업소 당위원회 조직부에 나가구요. 형님 보시기는 어떨지 모르지만 다들 끌끌합니다."

"아버님께서 편지에서 쓰신 대로 바친 것보다 받은 것이 많은 집 같구나. 반갑다. 떠도는 말을 다 믿는 건 아니지만 그래도 걱정했는데."

아우가 워낙 걸고 들어오는 바람에 나도 조금은 뒤틀린 기분이 되어 그렇게 말했다. 아우가 그런 내 속을 한 번 더 긁었다.

"우리는 형님이 남조선에서 고생이 많을 줄 알았는데 국가보위부에서 처음 형님 소식을 가지고 왔을 때 실은 놀랐습니다. 아버님은 모두들 학살당했을 거라고 하신 적도 있으니까요. 미국 놈 앞잡이들이 어째서 그렇게 형님에게 선심을 쓰게 됐는지는 모르겠습니다만.”

　내용이 그랬는데 들리기로는 무슨 짓을 해서 미국 놈 앞잡이들과 붙어먹게 되었습니까,라고 묻는 것 같았다. 솔직히 말하면 나는 한번도 내가 사는 체제를 적극적으로 옹호할 필요를 느껴 본 적이 없었다. 그런데 아우의 그 같은 물음을 받고 나자 갑자기 내가 무슨 남북 회담의 대표라도 된 듯 까닭 모를 호승심이 일었다.

　“실제로 학살당할 뻔도 했다. 고생도 많이 했지, 스무 살이 될 때까지 굶기도 많이 하고 괄시도 많이 받았다. 지금도 내게는 탐식의 악습이 남아 있는데 아마도 그때 고생하면서 생긴 것일 게다. 다음에 언제 먹게 될지 모르니까 있을 때 많이 먹어 두자는 생각 말이다. 감시도 많이 당했다. 대학교 때부터는 내 담당 형사가 있어 한 달에 한 번씩 동태 조사를 하는 바람에 가정교사 노릇도 하기 어려웠다. 그 뒤로도 한 20년은 더 시달렸지. 대학에서 전임 강사 노릇을 할 때까지도. 그러다가 82년에야 겨우, 그것도 군사 정권의 특전으로 끝나더구나. 지금 내가 사는 것도 그리 시원찮다. 집은 닭장 신세나 면한 서른여덟 평짜리 아파트고 자동차도 작년 정교수가 되면서야 국산 중형차로 바꿨다. 이번에 이렇게 한 열흘 다녀가는 데도 이래저래 월급의 절반 가까이 날아간다. 부자들은 대궐 같은 집에서 떵떵거리고 살며 큼직한 외제 자동차 굴리고 다니는데 말이야. 그것들 중에는 골프 치러 하와이나 호주까지 다니는 것들도 있지. 그런데 이나마 살기 위해서도 조심 많고 때로는 비굴하기까지 한 세월을 보내야 했다. 대학생 때는 그 흔한 데모에 한번 끼어들지 못하고, 눈코 제대로 붙은 지식인이면 모두 민족주의, 진보 외쳐 대던 그 80년대에도 나는 보수 반동의 딱지를 명예처럼 달고 살았다.”

얘기를 시작할 때의 내 정직은 다분히 악의에 찬 정직이었다. 마치 우리 집은 가난합니다. 가정부도 가난하고 정원사도 가난하고 자가용 운전수도 가난하고……. 해서 오히려 부유함을 과시하는 이중적 의미가 있었다. 그러나 아버지가 떠난 뒤의 비참과 굴욕을 요약하다 보니 나도 몰래 격앙이 되어 말을 맺을 때는 목소리가 심하게 떨렸다. 그 바람에 내 악의는 의도한 대로의 효과를 거두기는커녕 엉뚱하게 아우의 감동만 사고 말았다.

“역시 고생하셨군요. 어렸을 적 아버님이 홀로 눈물지으시는 것을 몇 번 우연히 본 적이 있는데 이제 그 리유를 알 만합니다.”

아우가 그렇게 말하는 소리를 듣고야 펄쩍 놀란 나는 잠시 낭패한 심경이었다. 그러나 이왕 내친김이라 그대로 밀고 나가 보았다.

“근래 여유가 생겨 위토* 겸 고향에 땅도 좀 샀다만 어디 옛날 우리 땅에야 비교되겠느냐. 동해안에도 한 3백 평 마련해 별장이라고 지었다만 차라리 오두막이라는 편이 옳다.”

“남조선 매판* 재벌가들은 땅을 수천만 평방메타씩 가지고 있

* 위토(位土) : 묘에서 지내는 제사의 비용을 마련하기 위하여 경작하던 논밭.

다면서요. 산 좋고 물 좋은 데는 그것들이 젊은 계집 끼고 노라리*
치는 별장이 들어차고."

그렇게 되면 두 손 드는 수밖에 없었다. 그 순진한 아이를 상대
로 내가 고른 작전이 도대체가 너무 고급했던 것 같았다. 그때 김
한조 씨가 뭐가 좀 이상하게 돌아가는 걸 느꼈는지 나를 도와 한
마디 거들었다.

"그래도 류 교수님 얘기 들으니 선생님 재산도 여기서 보면 대
단하던데요. 미화로 치면 백만 딸라는 훨씬 넘을 거라지, 왜. 거기
다가 박사니 교수니 이름은 같아도 대우는 남북이 썩 다른 모양이
고."

미화 백만 달러라는 말이 아우에게는 충격이 된 것 같았다. 조
금 전의 다분히 동정적이었던 표정 대신에 감출 수 없는 혼란이
아우의 얼굴을 스쳐 갔다. 그러나 일순이었다. 갑자기 모욕이라도
당한 사람처럼 얼굴이 벌게진 아우가 거친 숨소리와 함께 따지듯
물었다.

"그럼, 입때 말한 거 다 돈 자랑한 거야요?"

"그럴 리가 있니? 살이 얘기하다 보니 나온 얘기다. 또 저기 김
선생님 말씀대로라도 남쪽에서는 어디다 내세울 만한 재산은 못

*매판 : 자기의 이익을 위하여 외국 자본과 결탁하여 제 나라의 이익을 해치
 는 일.
*노라리 : 건달처럼 건들건들 놀며 세월만 허비하는 것.

되고."

나는 황급히 부인했으나 왠지 저질한 수를 쓰다 들켰을 때처럼 낯이 화끈해졌다. 내가 서둘러 술과 과일을 꺼낸 것도 그래서 생긴 어색한 분위기를 다독이기 위함이었다. 나는 서울을 떠나기 전에 일부러 고향을 들러 안동소주 한 병과 고향 뒷산에서 딴 밤, 대추에 역시 고향에서 깎아 말린 곶감을 갖추었다. 아우를 시켜 아버지의 영전에 바치기 위함이었으나 한편으로는 그것들이 우리가 형제 됨을 한층 더 정감 있게 느끼게 해 주리라는 기대도 품고 있었다. 그래서 우리의 대화가 겉돌거나 무엇이 잘 풀리지 않을 때 부적처럼 쓰기로 작정하고 있었는데 이제 서둘러 내놓게 된 것이었다. 나는 자연스러우려고 애쓰며 여행 가방을 풀어 먼저 반 되들이 도자기에 든 안동소주를 꺼냈다.

"이거 안동소주다. 네가 대신 아버님 영전에 따라 드려라."

나는 안동이라는 말에 힘을 주며 술을 내밀었으나 이미 심사가 틀어진 아우는 내 섬세한 기대를 채워 주지 못했다. 마지못해 받으면서도 퉁명스럽기 짝이 없이 말했다.

"술은 우리 북조선에도 좋은 거 많수다. 고생스리 먼 길에……."

그러다가 이어 내가 꺼내는 과일들을 보고는 아예 핀잔 투가 되었다.

"밤 대추 몇 푼 한다고 그런 걸 다 들고 오셨습네까? 북조선에는 제상 차릴 밤 대추도 없다고 들었습네까?"

그런 아우의 반응이 내게는 오히려 호기가 되었다. 나는 별로 떠벌인다는 기분 없이 아우에게 타이르듯 말했다.

"이 술은 아버님이 나서 자라신 곳의 물로 빚었다. 원래는 고향 술도가의 막걸리를 가져오고 싶었으나 변할 것 같아 소주로 했다. 북쪽의 술이 아무리 좋다 한들 아버님께는 이보다 더 단 술이 있겠느냐? 이 밤과 대추도 그렇다. 밤은 뒷골에서 딴 것이고 대추는 옛 장터 큰산소 둔덕바지에서 땄다. 곶감은 재 넘어 솔실〔松谷〕에서 말린 것이고, 모두 아버님이 어렸을 적 뛰놀던 땅에서 난 것들이다. 젊어서도 가끔씩 돌아보셨으나 한 번 북으로 오신 뒤에는 다시 보실 수 없었던 땅, 40년 넘게 그리워하시다가 끝내 다시 밟아 보지 못하고 눈 감으신 땅……"

거기까지 말하고 나니 나도 몰래 목이 메어 이을 수가 없었다. 그때는 아우도 숙연해져 듣고 있었다.

"빈소가 없다니 산소에라도 차려 올려다오. 세상에 이상한 불효도 있지……"

"알겠습니다. 형님."

어느새 작은 적의의 그늘도 느껴지지 않은 목소리로 그렇게 대답하는 아우는 다시 어김없는 내 핏줄로 돌아와 있었다.

그날 아우는 원래 달리 해야 할 일이 있다며 내가 가져간 안동소주와 과일 꾸러미를 넘겨받은 뒤 얼마 안 돼 일어나려 했다. 내가 다음 날 11시 비행기로 연길을 떠나게 되어 있음을 알면서도 다시 오겠다는 말조차 없었다.

그렇게 되면 결국 언제 다시 만나게 될지 모르는 작별이 되는 셈이라 나는 아무래도 그냥 헤어지기가 아쉬웠다. 내가 그렇게 보아선지 아우 또한 작별을 서두르면서도 무언가 미진해하는 데가 있는 듯했다. 그래서 점심이라도 한 끼 같이하고 헤어지자고 제안하게 되었는데 다행히도 아우가 받아 주어 우리는 가까운 식당으로 자리를 옮겼다. 혹시라도 아우의 심기를 건들까 봐 이번에는 선택을 김한조 씨에게 맡겨 그리 호화롭지 않은 한국 식당으로 간 것이었다.

그런데 점심에 곁들인 술이 뜻밖의 효과를 내어 난생처음 만나서인지 어딘가 겉도는 느낌이 있던 우리 형제의 우의를 새롭게 거들어 주었다. 맥주지만 내가 따라 주는 대로 넙죽넙죽 받아 마시는 아우를 보고 핏줄이 어디 가나, 라는 생각을 하고 있는데 아우가 약간 상기된 얼굴로 말했다.

"형님, 술 드시는 게 어째 꼭 아버님하고 닮았구만요. 얼굴 한번 찡그리는 법 없이 찬물 마시듯 조용히 마시는 모양하며 술 드시면 유난히 높아지시는 웃음소리까지. 어려서 헤어져 제대로 보신 적도 없을 텐데……."

"사랑에서 허허거리시던 웃음소리는 조금 기억할 것도 같다만……. 그렇게 닮았니?"

아버지는 내가 여덟 살 때 떠나셨지만 그 웃음소리는 그 한두

해 전의 것일 가능성이 높았다. 전쟁 전 한 해는 지하에 잠복해 계셔 그렇게 웃을 수가 없었을 것이고 전쟁 뒤에는 늘 분주하셔서 좌정하고 허허거리며 마실 틈이 없었던 것으로 알고 있다. 따라서 그 무렵의 것이라면 커다란 웃음소리로서보다는 그저, 아버지가 사랑에서 친구 분들과 술을 마시는구나, 하는 분위기의 기억이 고작이었다.

하지만 어쨌든 그 추억은 다시 한 번 우리를 형제로 묶어 아직도 남은 나의 멈칫거림을 훨씬 덜어 주었다. 나는 곧 조금 전 호텔 방에서 내가 품었던 그 턱없는 악의를 변명하지 않고서는 아우를 보낼 수 없다는 기분이 들어 새삼 그 얘기를 꺼냈다.

"아까 말이다. 너 기분 상했다면 풀어라. 이제 살 만하다는 얘기는 하고 싶었지만 결코 돈 자랑을 하려 했던 것은 아니다. 고생은 해도 이제는 이만하니 너희들은 걱정 말라는 뜻으로 들어 둬라. 남한이라고 모두 돈, 돈 하며 사는 것은 아니다."

그렇게 말해 놓고 나니 전혀 거짓도 아니었다. 아우를 만나기 전 나는 언뜻 그들의 살이를 걱정한 적이 있고, 그들도 내 살이를 걱정할지 모른다는 생각도 해 보았다.

하지만 끝에 덧붙인 말 때문에 마음속으로는 또 다른 부끄러움이 일었다. 나 자신은 뒷짐 지고 못 이긴 체하며 아내에게 끌려가는 시늉은 해도 작년 개혁이 시작되면서 뒤늦게 매스컴에서 요란스레 지탄받게 된 일들 가운데 내가 무죄한 것은 사실 별로 없었다. 지금 살고 있는 아파트는 아내가 홀로 사는 처형의 이름을 빌려 싸게 분양받은 것이고, 동해안 별장이라는 것도 이제는 제법 값 나가는 물건이 되었지만 10년 전 아내가 헐값으로 사들일 때는 외진 포구 끄트머리에 있던 농가에 지나지 않았다. 고향에 있는 3천 평의 논은 남의 이름을 빌려서 산 것일 뿐만 아니라 구입 대금조차 불법 대출에 의한 것이었다. 그 밖에도 창구에 앉은 옛 친구의 배임*에 가까운 사정(私情)으로 순서에도 없고 요건도 맞지 않은 은행 대출이 몇 번이었던가. 그게 대학교수 봉급만으로는 어림도 없는 내 '백만 딸라'의 진상이었다. 그런데도 아우는 내 변명을 진심으로 선선히 받아들여 주었다.

"일 없시요. 내 속이 좁아 그런 거니 형님이나 마음에 담아 두지 마시라요."

그러고는 뭣 때문인지 잠시 망설이는 기색이다가 진작부터 들고 있던 작은 손가방에서 손바닥만 한 비단갑 하나를 꺼냈다. 그런 아우의 표정은 이제 제가 진심을 보일 차례입니다, 하는 것처럼 진지한 데가 있었다. 김한조 씨가 그 갑 안에 든 것을 짐작하고 가볍게 긴장하며 물었다.

"그걸 왜 가져왔나?"

"아버님께서 돌아가시기 전에 이걸 형님에게 전해 주라고 하셔

---

*배임(背任): 공무원 또는 회사원이 자기의 이익을 위하여 임무를 수행하지 않고 국가나 회사에 재산상의 손해를 주는 일.

서요."

아우가 그러면서 비단갑을 열었다. 안에는 잘 닦은 훈장 하나가 나왔다. 아우가 다루는 태도로 미루어 매우 소중한 것인 듯했으나 솔직히 내 눈에는 간수가 잘돼 좀 반짝거린다는 것뿐 그리 대단해 보이지는 않았다. 89년 베를린 장벽이 무너질 때 마침 그곳을 찾아 볼 기회가 있었던 나는 장벽 근처에서 동독 훈장 하나를 20마르크에 산 적이 있는데, 아우가 내민 것도 어딘가 그것과 비슷한 인상을 주었다.

"국기훈장 1급입니다. 일생을 공화국을 위해 노력하시다 받은 아버님의 훈장들 중에서 가장 높은 것이야요. 60년대 농촌 테제* 실현을 위한 투쟁이 한창일 때 열두삼천리벌 수리화(水利化)에 앞장서신 10년의 공훈을 인정하시어 수령님께서 직접 달아 주셨다고 합니다."

아우가 이번에는 나를 똑바로 쳐다보며 그렇게 말했다. 그전 같으면 아마도 나는 대학교수와 수리 기사의 높낮이를 가늠하고 마흔이 넘어 전공을 바꾸는 어려움에서 아버지의 신산스런 살아남기를 먼저 헤아려 보았을 것이다. 그러나 그때는 달랐다. 아마도 아우가 바란 이상의 크기로 세찬 감동이 나를 사로잡았다. 아버지는 일생에 얻은 것 중에 가장 값진 것을 내게, 남쪽의 우리 모두에게 전하라고 했다 ― 나는 그 뜻을 대강 짐작할 것 같았다. 나로 인

*테제(These) : 정치적·사회적 운동의 기본 방침이 되는 강령.

해 받았던 너희 고통에 작은 위자*가 되기를……. 그러나 그 못지않게 나를 감동시킨 것은 아우의 다음 말이었다.

"내가 이걸 들고 나오려니 집에서는 말들 많았시오. 이게 어떤 거라고 남조선 괴뢰도당과 붙어먹은 형님에게 보내느냐는 겁니다. 그러나 결국은 내가 이겼시오. 무엇보다 아버님 말씀이 그러셨고—또 형님도 어떤 사람인지 만나 보기 전에는 알 수 없지 않느냐고 우겼더니 모두 물러납디다."

"그래, 만나 보니 어떠냐?"

나는 다시 자신도 모르게 떨리는 목소리로 물었다.

"우리 형님 같습니다. 아니, 아버님의 맏이 같습니다. 남조선 괴뢰도당과 붙어먹었는지 어쨌는지 모르지만 적어도 이 훈장을 가져가 욕보일 사람 같지는 않아서……."

아우는 그렇게 대답하고 엄숙한 훈장 수여자처럼 두 손으로 그 비단갑을 내밀었다. 내가 혜산을 떠올린 것은 바로 그때였다. 이미 식사가 끝나 있을 때라 어쩌면 아우는 그걸로 우리 만남의 의식을 마감하려 한 것인지도 몰랐다. 그런데도 나는 아우의 의중을 알아보지도 않고 김한조 씨에게 불쑥 물었다.

"작년에 류 교수님과 갔던 두만 강가 그게 어디지요?"

"혜산 가지 않았습네까?"

"거기까지 가는데 시간이 얼마나 걸렸더라?"

* 위자(慰藉) : 위로하고 도와줌.

"왕복에 한 시간이면 거진 될 거외다."

그제서야 나는 아우를 돌아보았다.

"얘, 너 오후에 무슨 일이 있다고 했지? 꼭 가야 될 일이냐?"

"네?"

"우리 이렇게 헤어지면 언제 다시 만날지 모른다. 이 형을 위해서 두 시간만 내줄 수 없겠니?"

그제서야 말뜻을 짐작한 아우가 힐끗 시계를 보았다. 표정을 보니 시간 여유에서도 마음 내킴에서도 결정이 아주 애매한 상태인 듯했다. 잠깐 이맛살을 찌푸리며 생각에 잠겼던 아우가 나를 보며 차분하게 물었다.

"두 시간을 어디 쓰시려구요?"

"나와 혜산을 다녀올 수 없겠니? 두만 강가엘."

"거긴 무엇 하시려구요?"

"우리 예법에도 망제라는 게 있다. 전쟁이라든가 천재지변으로 부득이하게 산소를 찾을 수 없을 때 될 수 있는 한 산소 가까이 가서 그 방향으로 제례를 올리는 법이다. 나도 어차피 산소를 찾아가 아버님을 뵈올 거라면 차라리 형제가 두만 강가에서 망제를 드리는 게 어떻겠니? 나도 아버님 영전에 술 한 잔 따르고 절이라도 한번 올리고 싶구나."

내가 얘기를 끝낼 때쯤은 이미 아우의 얼굴이 결심으로 굳어 있었다.

"좋습니다. 시간을 내지요."

그렇게 우리의 혜산 행은 결정되었다. 김한조 씨도 그만한 눈치는 있어 우리 망제에까지 동행하려 들지는 않았다. 근처 시장에서 어과(魚果)로 지낼 망제에 빠진 장보기를 도와준 뒤 조선인 운전수가 모는 택시를 잡아 주고는 제 갈 길을 갔다. 나와의 정산은 밤에 호텔에서 만나 할 작정인 듯했다.

연길 거리와는 달리 혜산의 두만 강가는 그새 변한 게 전혀 눈에 띄지 않았다. 황사 현상 때문인지 이상하게 희뿌연 하늘 아래 달라진 게 없는 북한의 산들이 강 건너 음울하게 엎드려 있고 그 한 중턱에 걸어 둔 '천리마'와 '속도전'이란 입간판도 그대로였다. 실망스러울 만큼 대단찮은 수량(水量)에다 이미 공해의 기미를 보이는 두만강도 1년 전과 마찬가지였다.

돗자리를 마련하지 못한 우리는 강변 잔디가 잘 자란 곳을 골라 신문지 위에 제상을 차렸다. 그 아이에게는 이제 더는 필요 없는 것이 될 줄 알면서도 나는 홍동백서*니 동두서미*니 하는 제례의 상식과 더불어 우리 문중 특유의 조율시이*의 과일 진설법*을 일러 주었다.

---

*홍동백서(紅東白西) : 붉은 과실을 동쪽에 흰 과실은 서쪽에 차리는 격식.
*동두서미(東頭西尾) : 생선을 놓을 때 머리는 동쪽으로 꼬리는 서쪽으로 가게 놓는 격식.
*조율시이(棗栗柿梨) : 왼쪽에서부터 대추, 밤, 감, 배 순서로 놓는 것.
*진설법 : 제사나 잔치 때, 음식을 법식에 따라 상 위에 차려 놓는 방법.

"오늘은 내가 헌관(獻官)이다. 마음 같아서는 메(젯밥)를 뜨고 삼헌*을 올린들 넘칠까만은 시절이 이렇고 제관도 없으니 어과에 단헌(單獻)밖에 안 되겠구나. 술은 네가 쳐라."

비록 남의 나라에서 드리는 망제라도 격식은 고향의 부조위* 산소를 모실 때처럼이나 경건하게 치렀다. 우리를 태워 간 운전수가 흥미로운 듯 강둑에서 구경하고 섰고 이따금 지나가는 사람이 기이한 듯 힐끗거려도 어색한 느낌이 조금도 없던 것으로 보아 나는 그때 단순한 추모의 정을 넘어 어떤 맹목의 종교적 열정 같은 것에 내몰리고 있었던 것이 아니었는지 모르겠다. 아우도 그런 내 열정에 휘말린 듯 생소할 것임에 틀림없는 제례 용어 한번 물어보는 법 없이 집사와 제관의 역을 잘해 냈다.

진정한 추모의 정은 잔을 지운* 뒤 남쪽을 향해 읍(揖)을 하고 있을 때에야 먼저 걷잡을 수 없는 눈물의 형태로 흘러나왔다. 마지막으로 고개를 수그리기 전에 얼핏 눈에 들어온 북의 산하가, 희뿌연 황사를 안개처럼 둘러쓰고 삭막하면서도 음울하게 웅크리고 있는 아버지의 공화국 산하가 갑자기 당신의 일생을 요약한 인상처럼 내 가슴을 찔러 온 게 그 발단이었다.

욕심 많은 홀어미의 외아들로 태어나 태반은 조작되었을 신화

---

*삼헌(三獻) : 제사를 지낼 때 술을 세 번 부어 올리는 일.
*부조위(不祧位) : 예전에, 큰 공훈이 있어 영원히 사당에 모시기를 나라에서 허락한 신위.
*지운 : 아래로 떨어뜨리거나 놓은.

와 일화 속에 지나간 유년, 동경 유학생으로 상징되는 야심에 찬 청년기, 그리고 젊은 이념가—비록 군데군데 파란을 겪기는 했으나 남쪽에서의 서른여섯 해는 아직 전혀 실패의 예감이 없는 세월이었다.

그런데 임종의 순간에 돌아본 북쪽에서의 40여 년은 어떠했을까. 물론 아버지는 찬연한 이념의 광휘로 스스로를 훈도(燻陶)했고, 실제로 어머니께 말한 적도 있다고 한다. 마음속의 공화국이 오면 그때 나는 소학교 소사(掃使)라도 좋고, 이름 없는 노동자로 살아도 괜찮소……. 하지만 과연 그러했을까. 아물지 않는 상처처럼 긴 세월 당신을 물어뜯었을 남쪽의 처자. 마흔이 다 돼 바꾼 전공과 힘겨운 살아남기로밖에는 해석되지 않는 10년의 각고*. 경제학 교수에서 노무자나 다름없는 현장 기사, 기사장, 그리고 엉뚱한 관개(灌漑) 전문가. 설령 당신께서는 만족하며 눈감으셨다 하더라도 내게는 당신의 삶을 실패로 규정하고 슬퍼할 권리가 있다—. 나는 갑작스럽게 쏟아지는 눈물을 주체하지 못해 허둥대면서도 속으로 그렇게 중얼거렸다. 어렸을 적 휴전선의 긴장이 과장된 소문으로 떠돌 때마다 나는 백마에 높이 오른 장군으로 남하하는 인민군을 선두에서 지휘하고 있는 아버지를 상상했다. 제법 북한의 내부 소식이 일반에도 공개되기 시작해 북한의 권력 서열

---

*각고(刻苦): 어떤 일을 이루기 위하여 어려움을 견디며 몸과 마음을 다하여 무척 애를 씀.

이 매스컴에 오르내리게 되었을 때 나는 서열 1백 위 안에 아버지의 이름이 없는 것을 보고 문제없이 그것이 부정확한 정보원(源) 탓이라고 단정했으며, 조교 시절 남한 공산주의 운동사에 관한 문건을 어렵게 손에 넣었을 때도 남로당은 물론 그 흔한 외곽 단체의 간부 명단에서조차 아버지의 이름이 없는 것은 거물들이 흔히 그러했듯 아버지가 가명을 쓴 까닭이라고 의심 없이 믿었다. 그 믿음의 근거는 오직 하나, 그렇지 않고서는 어머니와 우리 삼남매가 겪어야 했던 비참과 고통을 보상받을 수 없다는 것이었다. 그리고 이제 그 믿음의 근거는 내가 아버지의 실패를 슬퍼할 수 있는 권리의 근거가 되었다…….

나는 그렇게 아버지의 실패를 슬퍼하며 울고 있다고 생각했으나 차츰 시간이 지나면서 스스로를 위해 울고 있음을 알게 되었다. 이제는 정말로 보상의 기약조차 없어진 내 지난 비참과 고통을 슬퍼하며 나는 울었고 언젠가 올 '그날'을 위한 살아남기를 핑계로 방치된 내 정신의 굴절을 슬퍼하며 울었다. 감정이 점점 과장되면서 80년대에는 정작 당당하게 뻗대었던 민중·민족 사학 쪽의 표독스런 비난까지 어찌도 그리 뼈저리게 닿아 오던지. 제국주의 군대와 해방군을 혼동하고, 신식민주의를 혈맹 우방으로 착각하며 기껏해야 마름*의 풍요에 불과한 개발 독재의 과일을 다디달게 핥고 있는 반동 사학(反動史學)…….

*마름[舍音]: 지주를 대신하여 소작권을 관리하는 사람.

그 바람에 읍이 턱없이 길어졌으나 아우는 겨우겨우 감정을 수습한 내가 읍을 끝내자는 헛기침 소리를 낼 때까지 기척 없이 내 곁을 지켰다. 눈물을 닦고 제상을 거두며 보니 아우의 볼에도 눈물 자국이 번질거렸다. 이번에는 내 두서없는 슬픔에 압도된 듯했다. 나는 그런 아우에게 더욱 진한 혈육의 정을 느끼며 거두려던 신문지 곁에 앉았다. 그리고 아직 지우지 않은 잔을 들며 말했다.

"제삿술 마시는 걸 음복(飮福)이라 하는데 아는지 모르겠구나. 자, 우리 형제 이제 음복이나 한잔씩 하자."

그런데 술잔을 받던 아우가 뜻밖의 말을 했다.

"이거 전에는 제비원소주라고 하지 않았시요?"

"네가 그걸 어떻게 아니?"

"아버님 생전에 들은 것 같아요."

그러고는 안주 삼아 밤을 집으면서 희미한 웃음과 함께 물었다.

"뒷골에는 아직도 밤나무가 많네까?"

"60년대에 개량종으로 바뀌긴 했다만 아직도 밤나무 언덕이지. 그런데 뒷골은 또 어떻게 알지?"

"솔실〔松谷〕도 알아요. 돌내〔石川〕도 적병산(赤屛山)도 관어대(觀魚臺)도."

아우는 그 밖에도 고향 여기저기를 가본 적이 있는 사람처럼 댔다. 그런 아우에게서 아버지의 끈끈한 향수를 읽고 다시 가슴이 찌르르했다. 하지만 그때까지도 내게는 계산하는 버릇이 남아 있었다. 감동을 주고받는 데도 밀져서는 안 된다는 듯이나 엉뚱한 순발력으로 내가 받았다.

"청진은 아직도 그렇게 춥고 바람이 세냐? 모래 바람이라던가. 뼛골을 쑤시게 한다는 그 찬 바람. 그리고 십리자 갈벌은 그대로 있니? 김책제철소의 연기와 먼지도 여전하고?

"형님이 그걸 어드렇게 아십네까?"

"아버님과 너희들이 사는 곳인데 어찌 무심할 수 있겠느냐? 쌍연산(雙燕山) 낙타산(駱駝山)도 알고 수성천(輸城川)도 안다."

그 같은 나의 대답에 순진한 아우는 자신의 감동을 숨김없이 얼굴에 드러냈다. 반드시 어떤 악의가 있었던 계산은 아니었지만 나는 그런 아우를 보며 묘한 자책 같은 걸 느꼈다. 그때부터 내가 조금씩 말수를 잃어 간 것은 아마도 그 자책 때문이었을 것이다.

거기다가 멀리서나마 아버님 영전에 나란히 엎드려 눈물을 흘렸다는 점도 그동안의 내 조급을 많이 덜어 주었다. 그때까지 나는 무슨 강박 관념처럼 아우와의 친화를 서둘러 왔다. 배다른 아우와의 첫 만남이란 점이 부담이 되어 나를 급하게 몰아낸 탓인데, 어떻게 보면 내가 계산적이 되고 평소보다 수다스러워진 것도 그 탓이라 할 수 있었다. 그런데 이제는 충분하다는 느낌이었다. 그러자 이번에는 아우가 나서서 얘기를 이끌었다. 아우도 원래는 그리 수다한 편이 아니었던 듯했으나 새로 들어간 술기운에다 형제의 정을 믿게 된 까닭인지 그동안 억눌러 왔음에 틀림없는 궁금함들을 하나씩 드러내 보였다.

"남조선 그곳은 정말로 어때요?"

"궂은일도 많고 더러는 흉한 꼴도 보지만 그래도 사람 사는 곳이다."

"살기는 어떻습네까? 통 섞갈려서요. '남조선 실상' 자료를 보면 아주 비참하던데, 외국 물 먹고 잘난 척하는 것들 저희끼리 수군거리는 거 보면 그것도 아닌 것 같아서……. 어제저녁 여기 와서 들은 것도 그렇고."

"당장으로 보면 북쪽보다 좀 흥청거리는 것은 사실인 것 같다. 그러나 그리 미더운 건 못 된다. 어떤 사람들은 남쪽의 그 같은 흥청거림을 마름 살림에 비유하기도 한다. 작인과 지주 사이에 있는 마름 말이다. 아주 심하게는 첩살림에 비유하기도 하고. 빚을 지든 엎어지든 당장 잘 먹고 잘 쓰는……."

내가 더는 마음속에 접어 둔 것 없이 그렇게 대답해 주자 아우가 답례라도 하는 양 기대 밖으로 트인 소리를 했다.

"저도 그런 말을 들은 것 같습니다만, 가끔씩은 이런 생각을 해 봅니다. 어차피 다시 개인 재산을 인정하고 시장 경제 아래서 살아야 하는 세상이 된다면 결국 소작인보다는 지주가 되는 쪽이 낫지 않겠습네까? 그리고 지주가 되는 일이라면 소작인보다는 마름 쪽이 쉽지 않겠어요? 첩살림이라면 그건 좀 곤란하지만, 마름 살림이라면 자본주의 세계로 보아서는 어느 정도 성공했다고 볼 수도 있을 듯합네다. 국제적 착취 구조 속에서의 우월한 지위를 차지하기 위해서는 말입네다."

"좀 뜻밖이구나. 네가 그런 말을 하다니. 그쪽에도 너 같은 소리를 하는 사람이 많니?"

나는 아우의 논조가 이상해 그렇게 물어보지 않을 수가 없었다. 그제서야 아우가 무언가 당황해하는 표정으로 털어놓았다.

"실은 대외 경제 위원회에 있는 친구에게서 들은 말입니다. 무역 2등 서기관으로 해외 나들이를 좀 한 친군데, 처음 그 말을 들을 때는 참 반동적인 발언이드먼요. 그런데 형님과 얘기하다 보니 문득 그 말이 떠올라……. 하지만 형님을 떠보거나 뭐 딴 뜻이 있어 한 말은 아닙네다."

"그 사람은 남쪽을 좋게만 본 것 같구나. 실은 남한 경제가 희망하는 바도 바로 그런 쪽이겠지. 선진국 진입이니, 세계화니, 기술 입국이니 하는 구호는 바로 그런 국제적 착취 구조 속의 지주 자리에 끼어들기 위한 안간힘이 아니겠느냐? 그렇지만 곧 쉽지는 않은 모양이드라."

"그래도 지금까지는 잘해 오지 않았습네까? 경제만을 뚝 떼어서 본다면 특히나……."

"그럭저럭 견뎌 온 셈이지만 이제는 나날이 주름이 늘어나고 있다. 선진국들의 견제도 만만찮고 경제 발전과 더불어 종속의 경향이 심화되는 것도 문제고."

"미국한테 말입네까? 듣기는 했지만 미국 놈 종살이가 그렇게 어렵습네까?"

거기서 반짝 본능적인 경계심이 일었으나 이미 그것을 유지할 기분은 아니었다. 그보다는 오히려 그 분야에 관해 들은 풍월을 기초로 내가 이따금씩 우려한 것들을 좀 과장스럽게 표현했다.

"정치적 자주성의 문제도 있지만 정말로 심각한 것은 경제적 종속이다. 이제 우리에게 더 무서운 것은 미국의 정치적인 제재가 아니라 거대한 미국 시장을 배경으로 하는 경제적 위협이다."

"까짓 미국 놈들하고 손 끊고 우리 식으로 하면 안 됩네까?"

"말하자면, 비탈밭 몇 뙈기 가진 자작농으로 오두막이든 잡곡밥이든 만족하며 살자는 거냐? 지금은 좀 달라진 것도 같지만 북쪽에서 근래까지 해온 게 그건 줄 아는데 어떻더냐? 살 만하더냐?"

"안 될 거도 없지요. 주체성을 가지고 노력하면……."

그러나 아우의 말투는 북한 방송에서 들을 때처럼 힘차지는 못했다.

"모르겠다. 어쨌든 우리보다 어떤 면에서든 열 배는 힘이 있는 일본도 그렇게 자신이 없는 모양이더라. 얼마 전에 미국에게 한번 대들었다가 몹시 혼이 나고 싹싹 비는 꼴이 되는 걸 보면."

그때 멀찍이서 둑 위를 왔다 갔다 하며 얘기가 끝나기를 기다리던 택시 운전수가 우리를 깨우치듯 크게 기침 소리를 냈다. 마침 술도 다 되고 얘기도 점점 까다로운 국면으로 접어드는 느낌이 있어 내가 먼저 자리를 털고 일어났다.

"시간 괜찮겠니?"

내가 그렇게 묻자 아우도 문득 급해진 얼굴로 시계를 보았다.

"가 봐야겠습네다. 웬 시간이 이리 빨리 가는지."

그러고는 주섬주섬 남은 제수들을 싸 들었다. 톺은(제례에 쓰려고 과일의 아래위를 잘라 낸) 과일 몇 개에 음복 안주 하다 남은 밤 대추 몇 줌과 생선포 정도였지만 싸 들고 보니 어찌 된 셈인지 올 때보다 보따리가 커 보였다. 그걸 든 아우의 왼쪽 어깨가 유난히 처진 것 같아 내가 손을 내밀었다.

"무거워 뵈는구나. 이리 다오. 내가 들고 가마."

"일 없이요. 제가 들고 가지요, 형님."

아우가 그러면서 보따리를 오른손으로 옮겨 쥐었다. 술기운 탓인지 순간적으로 고향에서 시사*를 드리고 산소를 내려오는 듯한 착각이 일었다.

"산소에서 쓴 물건은 음복이라 하여 제궁지기나 인근 문중에 골고루 나누어 주고 집으로 가져가는 법이 아니다. 어디 음복 보낼 만한 데가 있니? 보낼 데가 마땅치 않으면 운전수에게나 주어라."

연길로 돌아가는 차 안에서도 얘기는 더 있었다. 하지만 술기운

*시사(時祀): 음력 2월, 5월, 8월, 11월에 가묘에 지내는 제사.

이 제법 걸음걸이에까지 비치던 아우였는데도 운전수를 의식해서인지 말투는 둘이 있을 때와 많이 달랐다.

"형님, 남쪽에서는 왜 그런답니까? 핵 문제 말입니다. 우리가 핵무기 개발해 두면 어디 갑니까? 언젠가 통일은 될 게고, 그리 되면 남쪽은 가만히 앉아서도 핵 보유국이 되는 셈인데 왜 미국 놈들하고 장단이 맞아 안달이랍니까? 설마하니 우리가 남쪽에다 그걸 쏠까 봐서요?"

그렇게 현안 문제를 두고 자신이 속해 있는 체제를 옹호하기도 했고, 그 체제를 향한 흔들림 없는 믿음에 내가 미심쩍어하는 반응을 보였을 때는 묘한 근거를 대기도 했다.

"우리 북반부 사람들은 땅과 사람이 일체가 되어 있시요. 청진으로 보면 수성천 강둑과 낙타산 방공호는 고등중학교 때 로력 동원으로 내 땀이 배인 곳이고 라남(羅南) 들도 모내기 지원으로 발 안 빠져 본 곳이 없을 지경이야요. 아니, 시가지, 항구, 철도 어디 하나 내 손이 안 간 데가 없다는 게 옳지요. 다른 곳 사람들도 마찬가지야요. 자신이 사는 땅은 풀 한 포기 나무 한 그루에 모두 그들의 손길이 미쳐 있다고 봐야 합네다."

하지만 기특하게도 '위대한 수령님'이나 '친애하는 지도자 동지'를 들먹여 사람을 답답하게 만들지는 않았다. 나도 그때는 이미 그 같은 믿음이나 애착을 굳이 무시하여 아우를 자극하고 싶은 마음이 털끝만큼도 없었다. 그게 진정한 것이든 반복 학습에 따른 조건

반사이든 아우가 자신이 살고 있는 체제에 믿음과 애착을 유지할 수 있게 된 걸 오히려 다행으로 여기며 말을 받고 물음에 답했다.

그러다가 차가 연길 시가로 접어들 무렵에야 나는 다시 잠시 잊고 있었던 조급에 빠져 들었다. 그 만남이 처음이자 마지막이 될지 모른다는 생각과 함께 무언가 우리가 꼭 치러야 할 의식을 빠뜨리고 있다는 느낌 때문이었다.

"나는 내일 아침에 떠난다. 다시 만날 수 있겠니?"

이야기가 뭣 때문인가 잠깐 끊어진 틈을 타서 내가 아우에게 그렇게 물은 것은 어느새 차가 저만치 호텔이 보이는 거리로 접어든 뒤였다. 얘기에 취해 있던 아우가 퍼뜩 정신이 든 사람처럼 나를 쳐다보다가 자신 없이 말했다.

"글쎄요. 오늘 밤이나 내일 새벽에 짬을 내어 한 번 더 들리도록 할게요."

"안 되면 이게 마지막이 되는구나. 이제 헤어지면 언제 다시 만나게 될지."

그래 놓고 나니 새삼 우리가 공연히 쓸데없는 얘기로만 시간을 허비한 것 같아 후회스러워졌다. 아우도 나와 비슷한 기분인 듯했다.

"곧 다시 만나게 되지 않겠습네까? 머지않아 통일의 날이 오갔지요."

대답은 그래도 자신의 말을 별로 믿는 눈치는 아니었다. 그때 다시 아우를 만난 때부터 줄곧 내 마음속을 오락가락했으나 망제 뒤의 굴곡 심한 정서에 한동안 밀려났던 망설임이 되살아났다.

서울을 떠날 때 나는 아우를 위해 따로 여분의 달러를 조금 마련했다. 북한이 어렵다고는 해도 여러 가지 정황으로 미루어 아우에게 그 돈이 절실하게 필요할 것 같지는 않았지만 혹시라도 나를 만난 비용으로 아우가 어떤 부담을 지게 될지도 모른다는 배려에서였다. 그런데 아우를 만나고 보니 그 돈을 내밀어야 할지 말아야 할지가 얼른 판단이 서지 않았다. 살이나 물질적 여유 같은 말만 나오면 유난히 민감해지는 아우의 반응 때문에 미루다가 깜박했는데 그때야 다시 떠오른 것이었다.

내가 망설이는 사이에도 거침없이 달린 차는 그새 호텔로 들어서고 있었다. 나는 아우의 표정에서 어떤 단서를 찾기 위해 가만히 그 얼굴을 훔쳐보았다. 아우는 그런 나를 아랑곳 않고 시계를 보더니 급하게 차에서 내렸다. 그런 아우의 얼굴 어디에도 내게서 어떤 물질적인 도움을 요청하는 표정은 엿보이지 않았다. 말로 한 번 넌지시 떠보기라도 할까 싶었으나 이제는 그럴 틈도 없었다.

뒤따라 차에서 내린 나는 드디어 아우에게 달러를 쥐어 주는 일을 단념하고 대신 가만히 그 손을 잡았다. 내게 무어라고 말하려던 아우가 움찔하며 입을 다물었다.

"네가 다시 오지 못하면 이게 바로 작별이 되겠구나."

"될 수 있으면— 와 보도록 로력할게요."

"무리할 건 없다. 네 말마따나 통일이 곧 될 테니. 그때는 만나고 싶으면 언제든 만날 수 있겠지."

연합기업소 당위원회 조직부가 무얼 하는 곳인지는 모르지만 아우의 손은 뜻밖으로 거칠었다. 나는 그런 아우의 손등을 남은 손으로 쓸어 쥐며 작별 인사를 했다.

"어쨌든 만날 때까지 몸 성히 지내라. 넋이 있다면 아버님도 아마는 너희를 못 잊어 하실 게다. 매사를 신중히 하고 부디 자중 자애*해라."

그래 놓고 나니 정말로 오래 함께 지내던 아우를 기약 없이 보내는 기분이었다. 아우의 눈가에도 금세 눈물로 맺힐 것 같은 감동의 빛이 떠올랐다.

"형님도 건강하십시오."

"다른 동생들에게도 안부 전해라."

나는 그래 놓고 중대한 결심이라도 하듯 덧붙였다.

"어머님께도."

내가 아우를 만나기로 작정한 뒤 한동안 힘들여 짰던 만남의 시나리오에는 아우의 어머니를 어떻게 부를까 하는 고심도 있었다. 북(北)의 어머니, 새어머니, 작은어머니……. 그러나 종내 마땅한 호칭을 찾아내지 못하다가 아우를 만나서는 '너희'란 관형어(冠形語)를 얹어 그럭저럭 넘겨 왔는데 이제 모든 관형어가 날아가 버

*자중 자애 : 말이나 행동을 삼가며 제 몸을 스스로 아끼는 일.

린 것이었다.

특수한 경우이기는 하지만 옛 예법에도 유처취처*는 있었고 현대의 합리적인 사고로도 아우의 어머니는 아무런 흠이 없는 내 어머니였다. 그러나 '어머님'이란 호칭이 그토록 자연스럽게 튀어나온 것에 나는 스스로도 놀라 움찔했다. 아우에게도 그 같은 변화의 의미는 바로 느껴진 듯했다. 자우룩한 술기운이 일시에 걷힌 듯한 얼굴로 나를 한동안 말없이 바라보다가 머리를 꾸벅 하며 받았다.

"누님과 조카들에게도 저희 인사 전해 주십시오. 어머님께도."

남쪽의 내 어머님에 대한 아우의 호칭에도 아무런 관형어가 없었다.

로비에 들어서니 새로운 관광단이 도착했는지 안이 몹시 어수선했다. 꽤 큰 단체인 듯 스무 명이 넘어 뵈는 남녀가 부려지는 짐 가운데 자신의 트렁크를 확인하는 중이었다. 시끌벅적 주고받는 소리에 사투리가 많이 섞인 것으로 보아 지방에서 온 단체 같았다.

내게도 해외여행 중에 한국인 관광단을 만나면 반가웠던 시절이 있었다. 그때는 생판 모르는 사람들이라도 다가가 어디서 왔는가를 묻고 그 도시 관광에 내가 선배 격이라도 될라치면 이것저것 친절한 조언까지 곁들이기도 했다. 그러나 언제부터인가 그들에

*유처취처(有妻取妻): 아내가 있는 사람이 또 아내를 얻음.

게서 민망함을 느껴 오던 나는 차츰 그들과 만나는 걸 곤혹스러워 하다가 마침내는 외면하고 피하게까지 되고 말았다.

그날도 그랬다. 어떤 종류의 사람들인지는 몰라도 차림부터가 영 맘에 들지 않았다. 남자들은 백두산 호랑이 사냥이라도 떠나는지 저마다 수렵용 조끼들을 유니폼처럼 걸치고 턱에는 줄 달린 카메라를 하나씩 걸었는데 태반은 일제 비디오 카메라였다. 바지는 늙고 젊고를 가리지 않고 청바지 아니면 반바지에 신발은 대개가 혀를 한 발이나 빼문 유명 메이커의 운동화들이었다. 여행과 품위가 반대말이라도 되는 듯 색상부터 디자인까지 저질한 양풍(洋風)이 넘쳐흘렀다.

대개는 부부 동반인 듯하고 그래서 또한 대개는 가정주부들 같은 데도 여자들의 차림 역시 마찬가지였다. 늙고 젊고를 가리지 않고 바지를 입은 것은 여행 중의 편의를 위한 것이라고 봐준다 쳐도, 그놈의 바지가 어울리지 않게 육체의 곡선을 드러내는 형태거나 핫팬츠를 겨우 면한 치마바지 일색으로 되어 있는 것은 또 무슨 저질한 양풍인가. 여행에 불편하지 않을 정도의 단정하고 품위 있는 차림이면 출국 금지시키는 법이라도 있단 말인가.

거기다가 안중에 사람이 없는 듯한 태도는 또 어디서 온 것인지. 남자들은 아무 데나 서너 명씩 둘러서서 남의 길을 막는지 기분을 잡치는지 아랑곳 않고 떠들어 댔고 여자들은 모두 갑자기 무슨 서양 영화 속의 탕녀라도 된 듯 로비 소파에 왼 다리를 꼬고 앉아 허연 허벅지 살을 드러내거나 가방 위에 두 다리를 쭉 뻗고 제 집 안방처럼 늘어졌다. 국력에 바탕한 자신감으로만 읽어 주기에는 너무 지나친 무례요 방자함이었다.

하지만 그들에게 내심을 드러낼 것까지는 없어 애써 무표정한 얼굴로 로비를 가로질러 엘리베이터로 가는데 누군가 뒤따라오며 말을 걸었다.

"알령하십네까아 ──."

말투가 연길에서 흔히 듣는 북한 사투리 같아 얼른 돌아보니 한 호텔에 묵으면서도 그 이틀 눈에 띄지 않던 통일꾼이 불쾌한 얼굴로 다가오고 있었다. 안녕하십니까,를 너무 정중하게 말하느라 내게 그리 들린 모양인데, 차림은 거기 있는 사람들과 같은 여행객이라 믿기 어려울 만큼 정중했다. 회색 정장에 갈색 바탕의 넥타이, 검은 단화가 한결같이 위엄을 강조하는 듯한 색조였다.

"네에. 남으셨다는 말은 들었습니다만, 일은 잘돼 가십니까?"

내가 그렇게 인사를 받아 놓고 다가오는 그를 보니 뭔가가 이상했다. 양복과 와이셔츠의 얼굴들이 그랬는데, 음식물을 뒤집어썼다가 황급히 닦아 낸 듯 물기는 이미 말라도 종류가 다른 얼룩이 여기저기 남아 있었다. 그렇게 보아 그런지 그가 곁에 와 섰을 때는 정말로 음식 냄새가 나는 것도 같았다.

"아, 이거 말입니까? 점심 먹을 때 음식점 종업원이 접시를 쏟아서……."

166

통일꾼도 그런 내 눈치를 알아차렸는지 묻지도 않았는데 그 얼룩들을 해명했다. 그러나 나는 아무래도 선뜻 받아들여지지 않았다. 그 종업원이 하필이면 이 사람 머리 꼭대기에서 실수를 했나, 싶게 어깨와 와이셔츠 깃에도 얼룩이 보였기 때문이었다. 그러나 나는 아무 내색 없이 말했다.

"정장 여벌이 없으시면 빨리 호텔에 맡기십시오. 지금이면 내일 출발 때까지는 세탁해 줄 겁니다. 북경에서도 하루 묵게 된다는데 혹시 점잖은 자리에 나갈 일이 생길지도 모르지 않습니까?"

"괜찮습니다. 거기서는 나도 남 따라 이화원(頤和苑)하고 명십삼릉(明十三陵)이나 돌아볼 거니까 간편하게 입고 다니지요."

그가 애써 별일 아니라는 표정으로 그렇게 대답하는데 엘리베이터 문이 열렸다. 엘리베이터로 함께 옮겨 탄 나는 별생각 없이 객실이 있는 8층을 눌렀다. 그도 자신의 객실이 있는 층 번호를 누르려다 문득 나를 보고 물었다.

"누구 찾아올 분이라도 있습니까?"

"당장은 없습니다."

나는 얼핏 김한조 씨를 떠올렸으나 약속이 저녁 식사 이후라 그렇게 대답했다. 그러자 그가 갑자기 은근해진 목소리로 제안했다.

"그럼 빈방에 올라가 무엇 하시겠습니까? 백두산에 간 패들은 저물어야 돌아올 거니까 저하고 라운지에 올라가 얘기나 나누시지요. 보아하니 전주도 좀 있으신 듯하고 ─ 제가 맥주 한잔 사겠습니다. 박사님."

박사님이란 말에 내가 놀라 쳐다보자 그가 빙긋이 웃으며 말했다.

"진작부터 알아보았습니다. 저야 별 볼일 없는 인간이지만 관심이 그쪽이라 —— 대한대학교의 이 박사님 맞으시죠?"

그 뜻밖의 말에 내가 아연해하는 사이 엘리베이터가 8층에 멈춰 섰다. 통일꾼이 내게 물어보지도 않고 엘리베이터 문을 닫은 뒤 라운지가 있는 층의 버튼을 눌렀다.

호텔 라운지는 아래층 커피숍과는 달리 한적했다. 나는 꼼짝없는 포로가 된 기분으로 그와 함께 전망 좋은 창가에 자리를 잡았다. 하기야 그 통일꾼을 만나지 않았더라도 아우와의 작별에서 받은 찡한 느낌 때문에 결국은 빈 방 안에 홀로 처박혀 있지 못하고 그리 올라와 한잔 더 했을는지도 모르는 일이기는 했다.

동의를 구하는 둥 마는 둥 맥주 세 병과 마른안주를 시킨 통일꾼이 갑자기 입가에 심술궂은 웃음을 띠며 혼잣말처럼 중얼거렸다.

"지금쯤 그 호리꾼* 한참 일을 벌이고 있을 거라. 방으로 돌아가 한바탕 훼방을 놓고 오는 건데."

"네?"

"이번에 우리하고 같이 여기 남은 장사꾼 말입니다. 어제 커피숍에서 만났다면서요?"

*호리꾼: 도량이 좁고 간사한 사람을 비유적으로 이르는 말.

"아, 그 사업하시는 분. 네, 어제 잠시 얘기를 나눈 적이 있습니다만."

"사업은 무슨 썩어 빠질 놈의 사업. 그게 사업이면 도둑질도 사업이겠다. 박사님. 그 작자 여기 뭐 하러 왔는지 아십니까? 문화재 밀반출을 노려 온 거란 말입니다. 인사동에 있는 가게는 겉치레고 틀림없이 도굴로 한몫 잡은 호리꾼일 겝니다."

그런 통일꾼의 이죽거림에 나는 비로소 그가 진작부터 나를 알아보고도 시치미를 떼어 온 일로 받은 충격에서 깨어났다. 내 그런 반응은 어찌 보면 전공의 무서움이기도 했다.

"그래요? 하지만 여기서 몰래 문화재를 빼내 가기는 쉽지 않을 텐데. 그런 일에 하마 오래 시달려 온 나라라 세관에서 골동품 같은 것에 꽤나 엄격한 모양입니다."

"저희 문화재가 아닌데 잘 알아보기나 하겠습니까? 지금 우리 호리꾼이 들고 나가려는 것은 중국의 문화재가 아니니까요."

"고구려나 발해의 것이라도 중국 문화재로 취급될 텐데요."

그 장사꾼이 노리는 게 당연히 고구려나 발해의 유물들이라 보고 한 말이었으나 전혀 아니었다.

"그게 아니고 이조 백자나 우리 고서화(古書畵)란 말입니다."

"연길에 그런 것들이 일부러 수집하러 올 만큼 있겠습니까? 잘 아시겠지만 여기 자리 잡은 사람들은 대개가 일제 때 먹을 게 없어 흘러든 사람들 아닙니까? 그런 사람들이 수천 리 걸식이나 다름없는 길을 오면서 값진 자기나 족자를 지니고 있었을 것 같지는 않은데요."

"연길에 있는 게 아니라 북한에 돌아다니는 것들을 빼내는 모양입니다. 실은 나도 놀랐습니다. 그게 한 번도 아니고 벌써 여러 번째 같던데요."

그제서야 나도 어느 정도는 짐작이 갔다. 김한조 씨처럼 사람도 빼내 오는데 안 될 게 없다 싶긴 했지만 아무래도 그 방법이 궁금했다.

"그걸 어떻게 ……?"

"지난 이틀 한방 쓰며 감으로 때려잡은 바로는 대강 이런 방법 같습니다. 우선 북한에 친지가 있거나 무슨 일로 출입이 잦은 사람들을 골라 후한 선금을 주고 북한에 들여보냅니다. 그리고 오래됐다 싶으면 무엇이든 달라 몇 푼 쥐여 주고 거두어 가져오게 하는 거지요. 백자 항아리에 고추장을 담아 오고 청자 병에 참기름을 담고 하는 식으로. 꼭 이름 있는 청자 백자 아니더라도 북한에는 흙이 좋은 데가 많아 괜찮은 도요*가 꽤 있었던 것 같더군요. 개중에는 우리 계룡요(鷄龍窯)처럼 개성 강한 분청도 있고 — 어디라더라? 함경도 어디라고 듣긴 들었는데……. 또 북한 정부에서 문화재로 지정해 관리하지는 않지만 남한으로 가져가면 큰돈이 되는 서화나 책자 같은 것들도 우리 생각보다는 많이 민간에

* 도요: 도기를 굽는 가마.

돌아다니는 모양입디다. 호리꾼 말로는 겸제(謙齊)라던가 단원 (壇園)이라던가, 아무튼 많이 들은 낙관이 있는 그림을 큰 인심 쓰듯 천 달라에 얻어 와 서울에서 몇억 원에 넘긴 경우도 있고, 무슨 경(經)인가 오래된 금속 활자본을 전기밥솥하고 바꿔 와 서울에서 역시 억대에 넘긴 경우도 있다는 겁니다.”

“그래도 고서화나 희귀본은 당장 눈에 띌 텐데…….”

“중국과 북한 국경의 세관 검색은 대단치 않은 것 같더라구요. 국가에서 지정해 관리하지 않는 골동품에 대해서는 소홀한 점도 있고, 또 달라도 힘을 쓰는 모양이고.”

이제는 더 안 물어도 모든 게 환해졌다. 그저 감탄스러운 것은 벌써 거기까지 손을 뻗친 자본주의의 집요한 상혼(商魂)이었다. 그때 통일꾼이 비뚤어진 웃음을 풀풀 날리며 묻지도 않은 걸 말했다.

“늙은 말이 콩 마다하지 않는다더니 거기다가 계집질까지. 이건 완전히 말로만 듣던 현지처라니까.”

정작 하고 싶은 얘기는 그것이었다는 것 같은 그의 표정에 나는 점잖지 못한 짓이라는 것도 잊고 묻지 않을 수 없었다.

“그건 또 무슨 얘깁니까?”

“중간에서 심부름하는 교포 처녀애가 하나 있는데 몇천 달라나 쑤셔 박았는지 부끄러운 줄도 모르고 내게까지 그 호리꾼 마누라 행세를 하더라니까요. 뭐 처음 사업차 왔을 때 한 열흘 개인 통역

겸 비서로 쓰던 아가씨라나. 한족(漢族) 꾸냥이라면 또 모를까, 이거 그야말로 살이 살을 먹는 거지. 어젯밤도 함께 나가더니 돌아오지 않았는데 아까 점심때 나오다 보니 또 찾아와 둘이 들어앉았습디다.”

그때도 나를 으스스하게 한 것은 다만 무엇이든 상품화하고 마는 자본주의의 집요한 상혼이었다. 그러나 이미 상대가 나를 알아보는 이상 길게 붙들고 있을 화제는 못 되었다. 그때 우리는 이미 칭다오〔靑島〕 맥주를 세 병이나 비운 뒤였고 내게는 또 그 전에 이미 적잖은 낮술이 있었으나 아직 그만한 분별은 남아 있었다. 나는 그쯤에서 화제를 바꿀 양으로 아직 할 말이 남은 것 같은 그의 입을 막듯 물었다.

“그런데 통일 사업은 잘돼 가십니까?”

나는 무심코 그 장사꾼이 한 말을 되뇐 셈이었으나 통일꾼은 통일 사업이란 말에서 어떤 빈정거림을 느꼈는지 금세 후끈해 내가 꺼낸 화제로 끌려 들어왔다.

“그 호리꾼을 만나셨다더니 무슨 소릴 들으신 모양이군요. 제겐 그럴 능력도 없고 그럴 주제도 못 되는데 통일 사업이라니— 도대체 그 친구 뭐라고 합디까?”

“들은 게 아니라……. 하시는 일, 말하자면 그런 셈 아닙니까? 하기 쉬워 통일 사업이라고 했는데 어폐*가 있다면 사과드리겠습

*어폐 : 적절하지 않게 사용하여 일어나는 말의 폐단이나 결점.

172

니다.”

그러자 통일꾼은 더 따져 묻지 않았다. 느끼기에 그가 격해진 것은 내 말에 들어 있는 빈정거림의 뜻이 아니라 그 말이 상기시킨 딴 일 때문인 듯했다.

“그러실 거까지는 없고……. 혹시라도 도움이 될까 해서 이 사람 저 사람 만나 보고는 있습니다만 신통치 않습니다. 백두산 천지나 보고 오는 게 나을 걸 그랬습니다.”

“제가 보기에는 처음부터 백두산으로 갈 생각은 없으셨던 것 같던데.”

이번에도 나는 별 뜻 없이 내 느낌을 말한 것이었으나 듣는 사람에게는 다시 적잖은 충격이 된 듯했다. 통일꾼이 애써 그 충격을 숨기고 해명하듯 말했다.

“학자시라 그냥 넘어갈 줄 알았는데 눈이 매서우시군요. 하긴 뭐, 숨길 것도 없지요. 실은 제가 여러 해 몸담아 온 단체가 이번에 발전적 해체를 하고 국내외를 망라한 통일 운동 단체를 하나 만들려고 추진 중에 있습니다. 우리는 이 연길의 지리적·정치적 위치에 주목하고 이곳 교포들의 역할에 많은 기대를 걸고 있는데, 말하자면 제가 그 특사로 온 셈이지요. 전부터 우리 단체와 연관을 맺어 온 이곳 유지들을 만나 보고 쓸 만한 사람을 찾아보는 게 제일입니다. 이렇게 관광단에 끼여 온 것은 공연히 주목당해 귀찮은 의심받는 게 싫어서였습니다. 미국으로 간 사람은 다르지만 소련으로 간 사람은 역시 나와 비슷하지요. 모스크바와 타슈켄트를 위주로 짜여진 여행단에 끼여. 그런데 지난 이틀 여러 사람 만나 얘기해 보았지만 생각만큼 우리 취지가 먹혀들지가 않는군요."

"혹시 접근이 잘못된 거 아닙니까? 통일을 오로지 정치적으로만 파악하려 한다든가……."

그때는 나도 술기운으로 어지간히 느슨해져 있었음에 틀림이 없다. 쉽게 할 수 없는 그런 종류의 문제 제기를 단순히 전날 들은 말을 옮긴다는 기분으로 불쑥 말해 버린 것이었다. 그런데 술기운이 효력을 내기는 통일꾼에게도 마찬가지였다. 그의 반응이 예상 밖으로 맹렬했다.

"통일에는 경제 문제가 우선되어 고려돼야 한다. 경제에 소홀한 통일 논리는 유치한 감상밖에 안 된다, 뭐 그런 논리 말입니까? 박사님도 그쪽이십니까? 하지만 한 가지만 아십시오. 통일 얘기하는 데 경제니 뭐니 딴거 앞세우는 놈치고 사기꾼 아닌 놈 없다는걸. 아니면 극우 반동의 흡수 통일 논리거나."

그래 놓고 자기가 심했다 싶었던지 조금 진정해서 하는 소리가 이랬다.

"통일은 원래 하나였던 민족이 다시 하나가 되고 원래 한 나라였던 땅이 다시 한 나라로 돌아간다는 것, 그래서 자연이고 당위(當爲)입니다. 그런데 그런 논리를 정치적이라고 몰아붙이고 경제적인 고려니 문화의 동질성 회복이니 하는 다른 조건들을 우선

시키는 것은 위장된 반통일 논리에 지나지 않습니다. 합리적입네, 사려 깊네, 어쩌고 하지만 그자들의 속셈은 따로 있다구요. 특히 경제를 우선시키는 자들이 고약해서 그들의 내심에는 단순한 흡수 통일 이상의 제국주의적 발상까지 들어 있지요. 통일을 북한만 한 크기의 식민지를 획득하는 것으로 보거나 시장이 두 배 넓어지고 2천 몇백만의 신규 고객이 생기는 일로 보는 겁니다. 그렇지 않고서야 그들의 경제 상태나 우리의 여유가 무엇 때문에 그리 중요합니까? 북한 동포를 진정으로 한 핏줄 한 형제로 여긴다면 통일 비용 어쩌고 하는 개수작이 어디서 나옵니까? 있으면 있는 대로 없으면 없는 대로 나눠 먹고 입는 게 바로 형제고 핏줄 아닙니까?"

"글쎄요. 지금은 한 어머니 몸에서 난 형제라도 반드시 모든 걸 나눠 쓰는 세상이 아니라서. 그 방면으로 수십 년 면밀한 준비 끝에 통일한 독일도 몸살깨나 앓는 듯하고—우선 정치적으로 통일부터 하고 본 예멘은 끝내 남북 간에 내전이 터진 모양이던데……."

나는 전날 장사꾼과 얘기할 때와는 반대로 이번에는 경제주의 통일론을 슬그머니 지지해 보았다. 내가 통일 문제에 진지하게 몰두해 본 적이 없어 그런 입장 바꿈이 쉬웠는지도 모르는 일이었다. 짐작대로 통일꾼이 다시 열을 냈다.

"그게 바로 그자들의 개수작이란 말입니다. 그럼 바꿔 생각해 봅시다. 경제적으로 서로 살 만해 손해날 거 하나 없고, 문화도 수준이나 내용에서 완전히 하나가 되어 남북 7천만이 희희낙락 만장 일치로 동의하는 통일이란 게 도대체 얼마나 허황된 이상론입니까? 정말 그런 날이 온다고 믿어 그 같은 통일 논리를 내세운다고 봅니까? 그 따위 수작하는 놈들일수록 계산은 빨라 그런 날이 결코 오지 않으리라는 건 우리보다 더 잘 알고 있다 이겁니다. 그보다는 통일 뒤에야 우리끼리 지지든지 볶든지 엎어지든지 자빠지든지 우선 통일부터 해 두고 보자는 주장이 훨씬 윗길이지. 최소한 정직하지라도 않은가 이 말입니다. 안 그렇습니까? 이 박사님."

그렇더라도 해방 뒤처럼 지지고 볶고 하다가 6·25 같은 거 한 번 더 겪고 남북으로 다시 엎어지고 자빠지게 된다면—그렇게 반문할 수 없는 것은 아니었으나 나는 갑자기 피곤해졌다. 고백하면 내게는 통일 문제뿐만 아니라 일체의 이데올로기 논쟁에 끼여서는 안 된다는 자격지심 같은 게 있었다. 아버지의 월북으로 뒤틀린 자의식의 일종인지, 아니면 엄격한 반공 교육이 강요한 원죄 의식 때문인지 알 수는 없지만 어쨌든 그런 논쟁에 끼어들게 되면 나는 피곤하기부터 했다. 그래서 다시 한쪽으로 비켜선다는 게 다시 일을 냈다.

"실은 뭐 내 생각이 꼭 정치 우선의 통일 논리를 반대한다는 건 아니고……. 남에게 들은 소리 한번 전해 본 것뿐입니다. 혹시 선생님께 참고가 될까 해서."

솔직히 나는 전날 호텔 커피숍에서 만난 그 사업가에게서 들은 얘기만을 염두에 두고 한 말은 아니었으나 통일꾼은 용케도 그 남이 누구인지 금세 알아차렸다. 반드시 술 탓만이라고 할 수 없게 얼굴이 시뻘게져 목청을 높였다.

"고 쥐새끼 같은 호리꾼 놈이 한 소리 아닙니까? 어제 내게도 고렇게 밴장거리더니. 바로 그겁니다. 고런 놈들이 세상 일 혼자 다 아는 체하면서 통일 애기만 나오면 경제가 어떻느니, 신중하고 사려 깊게 살펴야 한다느니 갖은 요사를 떨어 멀쩡한 사람들까지 헷갈리게 만든다니까요. 신작로 닦아 놓으니 양갈보 먼저 지나간다고, 연길도 길 열리자 맨 고따위 못돼 빠진 사기꾼 놈들만 들락거려 순진한 동포들 다 버려 놨습디다. 벗겨 먹고 알겨 먹고 하면서 뿌린 푼돈에 맛을 들여 민족이고 이념이고 다 뒷전이고 그저 돈, 돈, 하게 만들어 놨단 말입니다. 그것도 모자라 고 호리꾼 놈은 벌써 북한 쪽에도 그 짓을 시작한 겁니다. 지금은 골동품이나 낱개로 빼내고 있지만 흡수 통일이라도 하는 날엔 어찌 될지 아십니까? 소유 관념에 서툴러진 북한 사람들 부동산 석 달 안으로 고런 놈들에게 다 헐값으로 넘어갈 겁니다. 그들 경제적 약점을 이용해 고리대금 인신매매 서슴지 않을 것이고 위세도 이만저만이 아니겠지요. 일본 놈들 이 땅에 와서 한 식민지 놀음보다 훨씬 지독한 짓들을 할 놈들입니다. 좋은 산 바위에다 김일성 부자 이름 새긴 거 자연 훼손이라고 나무라지만 고런 놈들 풀어놔 두면 그건 아주 약과일걸요. 금강산 묘향산 좀 볼 만하다 싶은 곳에는 그것들 별장이나 여관으로 엉망이 될 겁니다. 통일 전에 그것들부터 먼저 싹 쓸어 없애야 하는데…….”

세상에는 맞지 않는 사람들이 있다. 그들은 이상하리만치 서로의 단점과 약점을 잘 알아보면서도 또한 이상하리만치 그걸 서로 참지 못하는데 그 통일꾼과 전날 만난 사업가가 바로 그런 사이 같았다. 내가 알기로 그들은 이번 여행 전에는 서로 몰랐고, 더구나 같이 방을 쓴 건 겨우 이틀인데도 통일꾼은 그 사업가를 일생에 걸친 불구대천의 원수처럼 말했다.

그 경위야 어찌 됐건 분위기가 그리되고 보면 나로서는 그 자리가 그만큼 거북해질 수밖에 없었다. 나는 그저 덮을 공사로 양쪽 모두를 편들어 한동안 성의 없는 대꾸를 해 주다가 6시가 다 되어서야 겨우 그 통일꾼에게서 빠져나올 수가 있었다.

어딘가 가서 내처 마시다가 취해 곯아떨어지고 싶은 생각이 전혀 없는 것은 아니었으나 나는 참고 내 방으로 돌아갔다. 김한조 씨에게 잔금도 치러야 하고 아우가 다시 찾아올 수도 있었다. 다음 날 북경으로 이동하는 데도 과음은 부담이 될 것임에 틀림없었다.

잘한 일이었다. 김한조 씨는 내가 방으로 돌아간 지 반 시간도 안 돼 방문을 두드렸다. 우리 정산은 아주 순조롭게 이루어졌다. 자신의 말대로 그런 일은 처음이라 그런지 김한조 씨는 계산에 영악하지 않았다. 그동안의 실제 경비에다 사례로 미리 정한 2만 원을 얹어도 내가 예상한 금액보다는 적었다.

그 바람에 달러 여유가 늘자 나는 다시 아우를 생각하게 되었다. 어차피 마음먹고 가져온 돈이라 아우가 다시 찾아오기만 하면 어떻게든 쥐여 보내리라 마음먹고 구실까지 새로 짜내 보았다. 내가 모셨으면 응당 물었을 장례비를 네가 대신 문 셈이니 받아 둬라. 혹시 네가 나 만난 게 알려져 곤란하게 될 때 쓰일지 모르니 받아 둬라……. 그러나 김한조 씨의 말은 그런 나를 맥 빠지게 했다.

"동생 분 다시 오기는 어려울 겝네다. 요즘 여기는 북조선에서 도망 나오는 사람들 땜에 조교들이 부쩍 설쳐요. 몰래 들어온 북조선 특무들도 눈에 불을 켜고 돌아다니고. 아까 낮에 그만 시간 낸 것도 용하다 생각했시요. 이런 일은 재구재구(빨리빨리) 해치우고 며칠 그냥 외삼촌 집에 놀다가 물건이나 좀 가지고 돌아가는 게 좋을 거웨다."

그런데……. 아우가 다시 왔다. 8시가 넘어서야 백두산에서 돌아온 일행과 늦은 저녁을 마치고 내 방으로 돌아온 지 한 시간쯤이나 되었을까. 내일의 남은 여정을 위해 샤워로 낮 동안에 여기저기서 마신 술기운을 씻어 내고 있는데 누가 쿵쾅거리며 문을 두드렸다. 급히 몸의 물기를 닦고 나가 보니 알아보게 취한 아우가 건들거리며 문밖에 서 있었다.

"형님, 저야요. 내래 못 다한 말이 있어서……."

나는 그런 아우를 얼른 방 안으로 맞아들이고 환기를 위해 열어 두었던 창문을 닫았다. 내가 다시 출입문이 제대로 닫겼나까지 확인하는 걸 보고 취한 중에도 내 뜻을 짐작한 아우가 큰소리를 쳤다.

"너무 걱정하지 마시라요. 내래 다 수를 써 놓고 왔디요. 특무가 와도 일없습네다. 술이나 있으면 한잔 주시라요."

나는 아우를 의자에 앉히고 냉장고를 열어 보았다. 재작년에 묵었던 호텔과는 달리 거기에는 제법 여러 종류의 술이 갖춰져 있었다. 아우가 독한 술을 원해 나는 양주 작은 병 하나와 고기포를 꺼냈다.

"그래 다 못한 얘기가 뭐냐?"

따라 준 술을 얼음도 넣지 않고 단숨에 마셔 버리는 아우에게 내가 가만히 물어보았다.

"많디요. 원망도 많고 한도 많고 후회도 많고……."

아우는 넋두리같이 그래 놓고 코를 한번 훌쩍 들이켜더니 갑자기 막혀 있던 말문이라도 터진 사람처럼 한꺼번에 쏟아 놓았다.

"형님, 직접 만나 보기 전에 형님은 내게 어떤 사람이었는지 알기나 하십네까? 아버님은 돌아가실 무렵 해서야 겨우 직접으로 형님 얘기를 하셨지만 나는 벌써부터 형님을 알고 있었시요. 한없이 자애로운 아버님의 눈길을 느끼다가도 문득 이상한 기분이 들때가 있었디요. 나를 보시는 것 같으면서도 내 뒤에 누군가 다른 사람을 보고 계시다는 느낌……. 내래 어렸을 적에는 그게 누군지 잘 몰랐디요만, 중학에 가니 하마 알겠드만요. 그게 바로 형님

180

이라는 걸. 또 있습네다. 항시 누군가와 비교당하는 느낌 말이야
요. 내 딴에는 잘했다고 받아 온 시험지나 성적표를 보실 때의 그
마지못해 하시는 듯한 칭찬, 그리고 아주 짧은 순간이지만 잠시
넋을 놓는 듯한 때가 있는데 그때가 바로 내가 누군가와 비교당하
고 있는 순간이디요. 아버님의 멍한 눈길에는 누군가의 시험지와
성적표가 떠올라 있었을 거야요. 그게 누군가도 중학교 가기 전에
하마 알았습네다……."

나는 어렴풋한 기억 속에서 내 어린 날의 시험지와 성적표를 떠
올려 보았다. 그랬다. 아버지가 우리와 함께 은신해 계시느라 서울
근교의 시골에 머물렀을 때 초등학교에 입학한 내 1년의 성적은
화려했다. 언젠가 열 번을 내리 만점을 받아 오자 아버지가 수염
꺼칠꺼칠한 턱을 내 볼에 비벼 대 비명을 지른 적도 있었다. 과제
물을 해 내기만 하면 거기에 어김없이 그려져 나오던 다섯 개의 붉
은 동심원(同心圓)……. 그러나 그 1년 이후 내 성적은 한 번도 그
때의 영광을 회복해 보지 못했다. 어린 삼남매와 어렵게 떠돌며 사
는 홀어머니의 맏아들로서는, 더구나 이태에 한 번 꼴은 전학을 다
니고 그나마 전학과 전학 사이에는 몇 달씩 학교에 나가지 못하게
되는 학생으로서는, 기를 써도 상위권 유지가 빠듯했다.

"또 다른 형님의 모습도 있시오. 우리 아버님만큼 평생에 걸쳐
그렇게 열심히 로력한 이도 드물 거야요. 내 기억에는 나중에 병
들어 누우신 때 말고 이부자리 속에 있는 아버지의 모습이 없습네

다. 어렸을 적부터 아침에 눈을 뜨면 아버님은 벌써 일터로 나가 안 계시고, 밤에 잠자리에 들 때 보면 아버님은 주무시지 않을 사람처럼 무언가 끝없이 읽고 계셨디요. 게다가 아버님만큼 많이 아시는 분도 나는 아직 보지 못했습네다. 대학 마칠 때까지 과학이든 수학이든 력사든 내가 물어 모르시는 게 없었으니까요. 그 덕에 우리는 먹는 것 어려운 줄은 모르고 살았지만 머리가 굵으니 슬며시 의문이 나드만요. 아버님이 그렇게 로력하시는데도 왜 우리는 이 정도로밖에 못 사는가고 말이야요. 대학까지 나온 우리 오마니, 머리 좋고 출신 좋은 우리 오마니가 체니(처녀)로 반해 시집갔을 만큼 잘나고 유식한 아버님이 왜 언제나 당 간부들의 눈치만 보고 살아야 하는가고 말이야요. 그렇지만 그것도 절로 알게 됩디다. 우리는 김일성대학을 가도 정치학부나 외교학부는 갈 수가 없고, 군에 가도 군관(軍官)은 될 수 없다는 걸 알게 되면서, 당 간부나 국가보위부는 아예 쳐다보아도 안 되고 사회안전부조차 지원할 수 없다는 걸 알게 되면서, 성분 좋고 유능한 일꾼인 매형이 누님과 결혼한 탓으로 받게 된 온갖 불리익을 보면서……. 바로 남반부와 이어져 있는 아버님의 삶, 특히 다른 것은 다 끊을 수 있어도 그것만은 끊을 수 없는 혈연의 사슬 때문이었습네다. 남반부 출신의 지식인에게 일반적으로 품는 당과 인민의 의심은 아버님의 로력과 열성으로 충분히 씻길 수 있었으니까요. 따라서—그때 우리에게 형님으로 대표되는 남반부의 가족들은 사람이라기보다는 그대로 보이지 않는 재앙이고 저주였습네다…….”

거기서 나는 잠시 아연했다. 참으로 기묘한 전도*였다. 아우가 말하는 나의 이미지는 바로 내가 괴로운 젊은 날을 보낼 때 품었던 아버지의 이미지 그대로였다. 그런데 이들에게는 또 내가 그러했단 말인가. 아버지에게는 주관적인 선택이 있었지만 나는 아무런 선택 없이 부여받은 대로 존재했을 뿐이지 않은가. 역사 속에서 개인의 선택이란 것이 하찮음을 이미 희미하게 실감하면서도 막상 아우로부터 그런 말을 듣자 나는 좀 어이가 없었다. 하지만 아우의 가슴에 맺힌 응어리만은 섬뜩할 만큼 절실하게 이해할 수 있었다.

“이번에 떠나올 때 제 심경이 어땠는지 아십네까? 솔직히 말해 아버님의 유언 따위는 뒷전이었시요. 그건 오히려 이상한 경쟁 심리를 자극했을 뿐이야요. 어째 아버지는 자기가 받은 가장 높은 훈장을 거기다 주라 하는가고. 우리는 뭔가고…… 내가 형님을 만나기로 한 건 오히려 그런 아버님의 유언보다는 궁금함 때문이었시요. 우리의 오랜 재앙과 저주가 실제로는 어떤 모양을 하고 있나가 못 견디게 궁금했시요. 아니, 그 이상으로 한평생의 원쑤를 찾아 떠나는 심경이었시요……. 그런데 형님을 만나 보니 첫눈에 벌써 아니었습네다. 아직도 내래 잘 설명은 못하갔지만 만나

*전도(顚倒) : 차례, 위치, 이치, 가치관 따위가 뒤바뀌어 원래와 달리 거꾸로 됨.

는 순간부터 형님은 그저 우리 형님일 뿐입디다. 함께 쓸어안고 울 사람이지 원망하고 미워할 사람은 아니더란 말이야요. 시간이 갈수록 내가 품고 온 적의가 당황스럽고 부끄러워지더란 말입니다. 되레 오래 그리워해 온 사람인 듯한 착각까지 들고……. 글티 만 그럼 이거 어드렇게 된 거야요? 형님의 한은 어디 가서 풀고 우리 한은 어디 가서 풀어야 하는 거야요? 뭐이가 잘못돼 일이 이렇게 된 거야요? 형님은 아십네까? 니거 덩말 어드렇게 된 겁네까……."

나도 모르겠구나, 아우야. 실은 두만 강가에서 흘린 내 눈물에도 지금 네가 느끼고 있는 그 황당함과 허망감이 들어 있었단다. 알 수 있는 것은 다만 이제 한 시대가 끝났다는 것, 내 인생도 어떤 식으로든 새로 추슬러야 할 때가 왔다는 것 정도이다. 삶은 어떤 경우에도 나 아닌 다른 것에 책임을 전가할 수 없는 가혹한 것일지 모른다는 어렴풋한 짐작뿐이란다.

"내래 형님한테 속인 거 많시오. 김책연합기업소 당위원회 조직부? 새빨간 거짓말이야요. 내가 들고 싶은 곳이지 실제 일하는 곳은 아니야요. 나는 고작 돌 부스러기나 주무르는 선광부(選鑛部) 기사일 뿐입네다. 경공업 위원회 지도원한테 시집간 녀동생? 맞긴 하지만 매제는 나보다 나이 많은 홀애비였시오. 자식새끼 둘이나 딸린. 그런 홀애비기 때매 가래(그 아이가) 시집갈 수 있었디요. 체니 때는 참하고 똑똑한 아이였는데……. 평양외국어대학에 간 막동이도 머리 하나는 뚝 소리 나는 아이야요. 김일성대학 정치학부에 들어가는 게 꿈이었는데 그리밖에 못 됐시요. 아버님도 일평생 고된 현장과 허울 좋은 연구직(研究職) 사이의 오르막 내리막만 거듭하며 불안하게 사시다 가셨디요. 바친 것보다 받은 게 많은 삶—그건 북반부에서는 대중가요 가사처럼 흔한 아첨이야요. 임종도 고생스러우셨습네다. 처음에는 이것저것 모은 걸로 경호 아재를 통해 진통제를 구해 댔지만 막바지 사흘은 그마저 안 돼 몸을 뒤트시며 괴로워하시는 거 그저 지켜보기만 해야 했시요……."

"아우야, 그런 소리는 더 듣고 싶지 않구나. 아직은 한동안을 그 체제 안에서 살아야 할 너를 위해. 구두가 발에 맞지 않으면 발을 구두에 맞추는 수도 있단다. 구두를 발에 맞추는 게 가장 좋지만 그 일은 누구나 할 수 있는 일이 못 되니. 역사의 구둣방은 언제나 엉터리 화공(靴工)들이 차고 앉아 왔으니. 남쪽의 진보주의자들은 형의 이런 역사적 허무주의를 비난하지만 그래도 나는 네게 권하련다. 내 혈육이기에 더욱 간곡히 권하련다. 현재의 완전성을 믿어서도 안 되지만 미래에도 너무 성급하지 마라. 어떤 방향으로든 산술(算術) 없는 혁명에는 유혹되지 마라. 때가 오리니. 때가 오리니."

"누님 일도 속였시오. 낮에 말한 대외경제위원회 경제 2등 서기관, 사실은 친구가 아니라 매형이야요. 대학 시절 연애 끝에 누님과 어렵사리 결혼하게 됐지만 그 때매 출세에 지장 많았디요. 김일성대학 외교학부 출신이면서도 쉰이 다 돼 가는 이제 겨우 2등 서기관입네다. 그것도 대외경제위원회 소속으로. 지금 누님과 북경에 나와 있시오. 그러나 떠나올 때 가족회의 결정은 누님의 애기를 형님에게 하지 말자는 거였습네다. 형님이 누님을 찾아가게 되면 누님과 매형 모두에게 이로울 게 없을 것 같아서. 하지만 여깁습네다. 이게 누님 전화번호야요. 북경에서 시간 나거든 한번 만나 보시라요. 남매간 만나는 게 해로워 봤자 얼마나 해롭겠습네까?"

아우는 그 말과 함께 전화번호가 적힌 쪽지 한 장을 꺼내 주고 마침내는 곯아떨어졌다. 다행히 내 방의 침대는 트윈이어서 나는 그런 아우를 여분의 침대에 끌어다 눕혔다. 겉옷을 벗기다 보니 첫물인 듯싶은 아우의 새 양복이 까닭 없이 안쓰럽게 느껴졌다.

이 생각 저 생각으로 늦도록 잠을 이루지 못했으나 이튿날 나는 왠지 새벽 일찍 눈을 떴다. 아우의 침대 쪽을 살피니 간밤 내가 꼼꼼히 여며 준 담요를 걷어찬 아우가 새우처럼 몸을 꼬부린 채 자고 있었다. 나는 가만히 일어나 한켠으로 밀려나 있는 담요를 다시 아우에게 덮어 주었다. 그래 놓고 이어 베개를 바로 해 주고 있는데 아우가 기척을 하며 깨어났다.

간밤 취해서 떠들 때와는 달리 아우는 몹시 수줍어하면서 서둘러 겉옷을 걸치고 방을 나갈 채비를 했다. 날이 완전히 밝기 전에 호텔을 나서는 게 좋을지도 모른다 싶어 나는 그런 아우를 잡는 대신 간밤에 준비한 봉투를 내밀었다.

"이거 가져가거라. 2천 6백 달러다. 네게 쓰일 데가 있을지도 모르겠다."

더는 머리를 짜내 구실을 마련할 필요가 없을 것 같아 나는 그렇게만 말했다. 아우가 멈칫하고 나를 쳐다보았다. 그리고 뭔가를 말하려는 것 같더니 이내 생각을 바꾼 듯 손을 내밀어 공손하게 봉투를 받았다.

"고맙습니다, 형님. 그럼 안녕히 계십시오."

아우는 꼭 초등학생이 경례하듯 꾸벅 절을 하고 방을 나갔다.

그런데……. 자칫하면 아우를 만난 이야기에는 사족이 될지 모르지만 나는 아무래도 북경에서 있었던 나머지 일을 마저 얘기하지 않으면 안 되겠다. 전혀 생각 못했던 여동생을 만나려 한 것도 아우와의 만남에서 비롯된 일이거니와 통일꾼과 장사꾼의 시비도 넓게 보면 아우와의 만남과 한 끝에 이어진 얘기일 수 있으므로. 어쩌면 통일이란 게 바로 한꺼번에, 대규모로 일어나는, 이런 낯모르는 아우와의 만남이 아닐는지.

우리 관광단이 다시 북경에 내린 것은 그날 오후 1시경이었다. 나는 호텔 방이 정해지자마자 아우에게서 받은 전화번호대로 다이얼을 돌렸다. 전화를 받은 것은 어떤 젊은 여자였는데 네가 여동생의 이름을 대자 짤막하게 외출 중이라고 일러 주었다. 그 목소리가 너무 차고 단호해 좀 망설여졌으나 나는 곧 호텔 객실 호수와 내 이름을 알려 주고 돌아오는 대로 전화를 달라는 부탁을 남겼다.

하지만 오후 내내 전화기 곁에서 기다려도 끝내 여동생의 전화는 오지 않았다. 기다리다 지친 나는 저녁 무렵 다시 한 번 전화를 걸어 보았다. 이번에도 그 젊은 여자가 받더니 같은 대답을 했다. 그리고 그 뒤로도 마찬가지였다. 나는 그날 밤과 그 이튿날 아침에 각기 한 번씩 전화를 걸었으나 그때마다 전화기 곁에서 기다리기나 한 사람처럼 그 여자가 나와 같은 대답을 했다.

그럭저럭 호텔에서 체크아웃 해야 할 시간이 왔다. 일행은 명십삼릉 관광을 떠나면서 체크아웃을 마치고 나만 남아 있었는데 이제는 12시가 다 돼 객실을 더 쓸 수가 없게 된 것이었다. 나는 은근히 다급해져 다이얼을 돌리다가 갑자기 아, 하는 기분으로 그 젊은 여자의 목소리가 왠지 귀에 익은 듯함을 기억해 냈다. 앳되게 들리기는 해도 젊은 날의 누님 목소리……. 그때 수화기에서 다시 그 젊은 여자의 목소리가 흘러나왔다. 유심히 들으니 더욱 누님과 닮은 목소리였다. 너였구나. 네 나이가 마흔이라는 걸 계산해 안 게, 그래서 중년 부인의 목소리만을 예상한 게 그 닮은 점을 진작 느끼지 못하게 하였구나.

하지만 나는 그런 여동생에게 명확한 거부 또는 회피의 의사도 동시에 확인할 수 없었다. 아우의 전화가 있었거나 해서 여동생은 아마도 진작 내가 전화할 줄 알고 있었는지도 모른다. 그러나 무언가 말 못할 이유로 나를 만나 줄 수 없었고, 그래서 줄곧 전화기

옆에 불안하게 대기하고 있으면서 나를 따돌리려 한 것인지 모른다 — 추측이 거기 이르자 나는 잠시 망설여졌다. 사정이 있어 나를 만나 줄 수 없는 아이를 굳이 만나야 할 까닭이 있을까, 오라비되어 아무것도 해준 거 없으면서 어쩌면 이 아이에게 해로울지 모르는 이 만남을 고집할 필요가 있을까. 그렇지만 이대로 돌아서기도 못내 아쉽구나 — 그러다가 나는 어중간한 절충을 했다.

"이문희 씨가 돌아오시면 남쪽에서 온 오라버니가 만나고 싶어 전화했더라고 전해 주십시오. 4시 비행기로 서울에 돌아가는데 언제 북경엘 다시 올지 몰라 몹시 서운하군요. 다시 온다 해도 그때 문희가 여기 남아 있을지 모르고. 그렇지만 1시까지는 이 호텔 로비에 그대로 있고, 2시 이후부터는 공항에 있게 될 테니 혹시라도 그전에 돌아오시면 그거라도 전해 주십시오."

나는 그 여자가 바로 문희일 것이라 단정하고 그렇게 간접 화법과 직접 화법을 섞어 내 뜻을 전했다. 짧은 침묵 뒤에 그 여자가 받았다.

"알겠습니다. 돌아오시면 꼭 그렇게 전해 드리지요. 그럼 안녕히…… 가십시오."

그렇게 들어서 그런지 인사 부분에서 말소리가 묘하게 떨리는 듯했다.

그 뒤 호텔 로비에서 두 시간, 그리고 공항에서의 한 시간 남짓을 나는 줄곧 기다렸으나 문희는 결국 오지 않았다. 그러고 보면 전화 때의 인사가 바로 그 아이의 작별 인사로 되고 만 셈이었다.

"선생님, 귀찮은 부탁 하나 드려도 되겠습니까?"

내가 이제는 거의 단념하고 눈길을 공항 출입구에서 우리 일행 쪽으로 돌릴 무렵 언제부터인가 내 주위를 맴돌던 골동품상이 조심스럽게 다가와 물었다.

"……?"

아직 제대로 마음을 가다듬지 못한 내가 눈길로 묻듯 말없이 쳐다보자 골동품상이 그림이 든 길쭉한 종이 곽 둘을 내밀며 말했다.

"선생님은 별로 짐도 없으시니 이거 둘만 서울까지 맡아 주십시오."

받아 보니 관광지에서 흔히 파는 동양화 족자가 든 마분지 곽이었다. 중국 여행이 끝날 때쯤은 누구든지 한두 개쯤 사게 되는 물건이라 굳이 남에게 부탁하지 않아도 될 것 같은데 내게 맡기는 게 이상해 다시 그를 쳐다보니 골동품상이 멋쩍은 듯 웃으며 말했다.

"선생님께 속여 뭐 하겠습니까? 통은 그래도 그 안에 든 그림은 요새 것이 아닙니다. 참, 요수제(樂水齊)란 낙관 들어 보신 적이 있습니까?"

그는 아마도 통일꾼을 통해 내 직업과 전공을 들은 것 같았다.

"요수제? 글쎄요. 처음 들어 보는 호(號) 같은데."

"조선 후기쯤의 실경산수(實景山水)인데 제법 맛이 있습디다. 실은 그 그림 두 통이 거기 들어 있습니다."

그 장사꾼은 다 알지 않느냐는 듯 눈까지 찡긋하며 그렇게 말했다. 나는 그리 탐탁지 않으면서도 마지못해 그 그림들을 받아 들었다. 그리고 무심코 공항 대합실을 돌아보는데 문득 내 주의를 끄는 게 하나 있었다. 다른 일행들은 공항을 전세라도 낸 것처럼 휘젓고 다니는데 한구석 의자에 조용히 앉아 있는 통일꾼의 모습이었다. 의기소침해 있는 것 같기도 하고 무언가에 상심해 넋을 놓고 있는 듯하기도 했다.

"맥 빠지게도 됐지. 저 냥반 쓸데없이 큰소리 펑펑 치고 책임지지도 못할 약속 마구 남발하다가 된통 당한 모양입니다. 전에 그 비슷한 사람에게 넘어가 며칠 술이야 밥이야 잘 대접해 보냈다가 서울 초청은커녕 편지 한 장 못 받자 속았다고 분해하던 연길 교포 하나가 한참 열을 올리는 그에게 술상을 덮어씌워 버렸다는군요. 엉뚱하고 억울한 날벼락 같지만 어찌 보면 그런 꼴 당해도 싸지. 소련 동구 넘어가는 거 두 눈 뜨고 뻔히 보았으면서도 그저 뭐든지 말로만……. 내 진작 그런 험한 꼴 당할 줄 알았다니까."

아직도 주위를 맴돌던 장사꾼이 내 눈길이 머문 곳을 짐작하고 다가와 속삭이듯 그렇게 말해 주었다. 전날 연길에서 보았던 통일꾼의 양복에 남은 얼룩을 연상시키는 말이었다. 하지만 나는 왠지 그런 통일꾼의 낭패를 비웃어 줄 기분이 아니었다. 오히려 그 장사꾼의 웃음이 역겨우리만치 간교하게만 느껴져 아무런 대꾸 없이 눈길을 다른 곳으로 돌려 버렸다. 그때 여행사 직원이 손수건으로 이마의 땀을 씻으며 나타나 소리쳤다.

"5분 후에 탑승이 시작됩니다. 모두 여권 찾아가십시오."

● ● ●
이문열 연보

1948년　　　경상북도 영양군에서 아버지 이원철과 어머니 조남현 사이 3남 2녀 중 3남으로 출생. 본명은 이열(李烈).

1970년(22세)　서울대학교 사범대학 국어교육학과 중퇴.

1979년(31세)　『동아일보』 신춘문예에 중편 「새하곡」 당선. 장편 『사람의 아들』(민음사) 출간. 『사람의 아들』로 제3회 오늘의 작가상 수상.

1980년(32세)　연작 소설 『그대 다시는 고향에 가지 못하리』(민음사), 창작집 『그해 겨울』(민음사) 출간.

1981년(33세)　장편 『젊은 날의 초상』(민음사) 출간.

1982년(34세)　장편 『그 찬란한 여명』(전 2권. 심설당) 출간. 단편 「금시조」로 제15회 동인 문학상 수상.

1983년(35세)　장편 『레테의 연가』(중앙일보사), 창작집 『금시조』(동서문화사) 출간. 『황제를 위하여』로 제3회 대한민국 문학상 수상.

1984년(36세)　장편 『영웅시대』(전 2권. 민음사), 장편 『미로일지』(소설문학사) 출간. 『영웅시대』로 제11회 중앙 문화 대상 수상.

1985년(37세) 창작집『칼레파 타 칼라』(나남출판) 출간.

1987년(39세) 창작집『구로 아리랑』(문학과 지성사) 출간. 중편「우리들의 일그러진 영웅」으로 제11회 이상 문학상 수상.

1988년(40세) 장편『추락하는 것은 날개가 있다』(자유문학사), 창작집『익명의 섬』(문학사상사) 출간. 평역 소설『삼국지』(전10권. 민음사) 출간.

1989년(41세) 장편『우리가 행복해지기까지』(문이당) 출간. 프랑스 악트 쉬드에서 단편집『금시조』,『우리들의 일그러진 영웅』,『그해 겨울』출간.

1991년(43세) 장편『시인』(미래문학), 산문집『사색』(살림) 출간. 이탈리아 지윤티 사에서 단편집『금시조』,『우리들의 일그러진 영웅』,『그해·겨울』출간.

1992년(44세) 산문집『시대와의 불화』(자유문화사) 출간. 단편「시인과 도둑」으로 제37회 현대 문학상 수상. 제24회 대한민국 문화예술상, 프랑스 문화예술 공로 훈장 수훈장 수상. 프랑스 악트 쉬드에서『시인』출간.

1993년(45세) 장편『오디세이아 서울』(전 2권. 민음사). 이탈리아 지윤티 사에서『시인』, 네덜란드 말렌호프 사에서『시인』출간.

1994년(46세) 평역 소설『수호지』(전 10권. 민음사) 출간. 일본 문화 정보 센터에서『우리들의 일그러진 영웅』출간.

1995년(47세) 콜롬비아 노르마 사에서『금시조』,『우리들의 일그러진 영웅』,『시인』, 러시아에서『금시조』, 중국 학림 출판사에서 『우리들의 일그러진 영웅』 출간.

1996년(48세) 프랑스 악트 쉬드에서 『사람의 아들』, 영국 하빌 출판사에서 『시인』 출간.

1997년(49세) 장편 『선택』(민음사) 출간. 일본 슈에이 사에서 『사람의 아들』, 중국 학림 출판사에서 『사람의 아들』 출간. 제5회 우경 문화 예술상 수상.

1998년(50세) 대하소설 『변경』(전 12권. 문학과 지성사) 출간. 중편 「전야, 혹은 시대의 마지막 밤」으로 제2회 21세기 문학상 수상. 경기도 이천시에 '부악문원' 설립.

1999년(51세) 『변경』으로 제9회 호암 예술상 수상. 일본 고단 사에서 『황제를 위하여』 출간.

2000년(52세) 장편 『아가』(민음사) 출간.

2001년(53세) 장편 『황제를 위하여』(민음사), 장편 『레테의 연가』(아침나라), 장편 『시인』(아침나라), 『이문열 중단편 전집』(전 6권. 아침나라) 출간. 그리스에서 『시인』, 미국 하이페리온 사에서 『우리들의 일그러진 영웅』, 스페인에서 『시인』 출간.

2003년(55세) 연작 소설 『그대 다시는 고향에 가지 못하리』(맑은소리) 증보판, 장편 『대륙의 한』(전 5권. 아침나라) 출간.

2004년(56세) 산문집 『신들메를 고쳐매며』(문이당) 출간.

인 지

새하곡(塞下曲)

초판 1쇄 인쇄일 · 2006년 4월 25일
초판 1쇄 발행일 · 2006년 4월 30일
지은이 · 이문열
펴낸이 · 임성규
펴낸곳 · 문이당

등록 · 1988. 11. 5. 제 1 - 832호
주소 · 서울시 성북구 동소문동 4가 111번지
전화 · 928 - 8741~3 (영) 927 - 4990~2 (편)
팩스 · 925 - 5406
ⓒ 이문열, 2006

홈페이지 http://www.munidang.com
전자우편 webmaster@munidang.com

ISBN 89 - 7456 - 339 - 8 83810